【澳】琼·伦敦 Joan London 著
刘国伟 译

孤岛的诗歌
The Golden Age

北京联合出版公司
Beijing United Publishing Co.,Ltd.

本书的灵感来源于真实存在的儿童脊髓灰质炎疗养院"黄金时代"。该疗养院位于西澳大利亚利德维尔，存在时间为1949年到1959年。特此声明，本小说中的任何人物和该疗养院的职员以及相关人员均无实际对应。

为了我的三个姐妹而作

目录

/001　1. 点火
/004　2. "黄金时代"
/008　3. 艾尔莎
/011　4. 美冠鹦鹉
/014　5. 弗兰克的职业
/017　6. 诗　人
/033　7. 火　车
/051　8. 弗兰克第一次见到艾尔莎的情景
/057　9. 黑暗的夜晚
/063　10. 可爱的身体

The Golden Age

11. 风铃鸟	/071
12. 天使的翅膀	/078
13. 迈耶步行回家	/084
14. 花园里的玛格丽特	/099
15. 圣诞节	/111
16. 游　廊	/126
17. 大　海	/132
18. 一大口冷饮	/141
19. 丽　佳	/147
20. 女　王	/149

/156	21. 艾达和迈耶
/160	22. 音乐会
/172	23. 阿尔伯特
/175	24. 安·李
/180	25. 忧郁的神情
/185	26. 第三个国家
/192	27. 诗　歌
/203	28. 预　感
/208	29. 鸟　鸣
/209	30. 分　离
/217	31. 拜　访
/226	尾声　纽约

1. 点　火

　　一天下午，在休息时间里，新来的男孩弗兰克·戈尔德下了床，蹑手蹑脚地坐到轮椅里，滑到走廊上，周围空无一人。这是10月初，天已经热了许多。弗兰克此时已熟悉了医院的生活，他知道护士们这时候正在楼上吹风扇。护士长宾尼办公室的门关着，说明她正安稳地待在她的长沙发上午休。

　　他的首要目标照例是看一眼艾尔莎。透过半开的门的铰链间的缝隙，他往女病房里窥探着，艾尔莎的床在门后。他喜欢看她熟睡的脸，即使她的头转过去埋在了枕头里，他只能看到她粗大的金咖啡色的辫子也无所谓，这仍旧给了他些许希望。但是，在这个下午，她的床空了。

　　他转动轮椅，经过悄无声息的厨房。厨房的长椅已经被擦拭干净了，空荡荡的，就连苍蝇都在睡觉。整个地方都好像中了魔咒，只有他逃脱了……

他一直在等着这一刻。他口袋里有一根香烟和一小捆火柴。那是他母亲上次来探望他时，他偷偷拿的。她当时不辞而别，去和护士长宾尼说话，把手提袋落在了他的床上。后来，他想象着在薄暮时分，母亲站在车站的站台上找她的火柴，她很想吞云吐雾，却惊讶地发现找不到点火的工具了。探望他总是让艾达心烦意乱，所以她并非每周都来。

但是，偷窃的行为仿佛是在抗议什么，似乎他正在回到过去卑劣的自我里。他突然感觉自在了，仿佛又能主宰自己了。卑劣是一种隐私，但在这里生活，首先丧失的就是隐私。而他抗拒的是这个地方的孩子气，它的小洗手间、它的午休和规章，它的半医院半托儿所性质，以及他被送到这里时感到的被贬低的感觉。

"你能来，我们太高兴了。"当救护车把他拉来时，护士长宾尼坚定地说道，"小一点儿的孩子正好喜欢把大一点儿的孩子当榜样呢。"

弗兰克端详着她容光焕发的脸，那张脸上除了开心，什么也看不出来，一切早就被决定了。

他感觉自己就像一个海盗，突然间登上了一个满是伤残动物的岛。大浪把它们席卷过来，倾倒在这里。它们和他一起搁浅了，它们和他一样盼着回家。

他此时滑下了廊道，经过了新治疗楼，出来后转向晾衣绳，躲在一个铁丝棚架后面。要想不被发现，他只能躲在这里。洗过的衣物在午餐时就已经干透，被收进去了。公路对面的防护网厂的隆隆声和震动声无休无止，相隔这么远依旧声音巨大。防护网厂如同被关进笼子的大型动物，而他则像是误入了对方的领地。眼前白花花的强光让他感到喜悦，自从脊髓灰质炎引起的发烧消失后，他面前的光似乎都不太亮了，阳光对弗兰克来说开始显得苍老和忧愁起来。

可以独处的时候太少了，他必须用双手把这样的时间牢牢攥住。他把香烟放进嘴里，划着软脆的火柴，一根接一根。汗流进了他的眼里，他的手微微发颤。他想诅咒艾达，没有理由地。

一个男人的影子挡住了强光。一双红色的大手护着一缕火焰。"想点火儿？"诺姆·怀特豪斯吼道。烟点燃了，弗兰克赶紧吸了一口，摇头晃脑的，喜悦之情仿佛要溢出胸腔。他现在知道为什么每个人都喜爱诺姆了。诺姆是个园丁，正默默地缓步走开，他的步态好像在说，一个男人有权安静地吸烟。

接下来，弗兰克把香烟摁在晾衣服的杆子上弄灭，随后把烟蒂扔过了栅栏。他觉得自己可能病了，头晕眼花的。他转回黑暗的走廊，回到房间，一头扎在床上。他的身体再也不是一个正常男孩儿的身体了。

他也不再是个小孩子了，不再像他周围的小孩子那样满身香皂味儿、睡得很沉。然而，过了一会儿，随着他的心跳趋缓，他的脸上露出笑颜。他仍能听到诺姆隆隆的声音，"点火儿？"可能他原本想说的是"不要命了"？

但是，艾尔莎在哪儿呢？

2."黄金时代"

弗兰克快13岁了,尽管事实上是如此,但他的个头儿太小了,发育状况与他的年龄非常不相称,结果只好成为"黄金时代"的病人。皇家珀斯医院传染病分院的医生们一致认为,他实在不适合和成年病人待在一起。再说了,他的父母是新澳大利亚人,他们都有工作,也没有其他家庭成员帮忙照料他。而且,他需要"黄金时代"的教育气氛以及对功课的监督。决定几乎马上就被做了出来,当天下午他就被救护车送了过来。

艾尔莎·布里格斯12岁半,但她母亲刚生了个小孩儿,无法在家里照料她。其他病人都较小,来自全州各个地方。有从沙漠里威卢纳来的,有从海岸边的布鲁姆来的,有从罗林纳来的。罗林纳位于跨澳大利亚铁路线的一条支线上,一个很远的地方。这似乎说明,无论你在的地方有多么偏僻,脊髓灰质炎病毒都能找到你。

"黄金时代"修建于世纪之交,最初是家酒馆。它位于利德维尔区,步行五分钟便可到达火车站,距离市中心也不过两站路。四周有四条平坦的道路,但它却孤零零地伫立着,就像一座孤岛。而它现在的环境似乎也象征着它的孤立性,它成了一家"天然的"隔离医院。三条道路边坐落着一般规格的郊区房屋,每座房屋前面都有一片干草坪、一个门廊和被软百叶窗封住的前窗。第四条道路边坐落着两层楼的WA防护网厂,它一天24个小时"乒乒乓乓"地响个不停。有些人觉得这个地方不太适合成立医院,但孩子们却觉得那种噪声听起来很舒服,整夜透过窗户照进来的光也很受欢迎。

卫生部于1949年买下了这家酒馆,把它改造成了"黄金时代"儿童脊髓灰质炎疗养院,在过去大传染病暴发的那些年里提供服务。在内部,它有斜坡、栅栏、走道,有教师、训练有素的护士、全职理疗医师,是一个现代的治疗中心。它最多可容纳14个孩子,有些孩子来自乡村,有些则是家里无人照顾的孩子。

在外部,它耸立在灰尘弥漫、没有树木的交叉路口,看上去仍像一家乡村酒馆。它是砖砌的,有两层,宽敞的二楼阳台遮蔽着下面的走廊。它的墙壁很厚,隔热效果不错。它有长长的窗子,起遮蔽作用的铁皮屋顶像一顶拉下来的帽子。轮椅可以轻松地沿着宽阔、阴凉的走廊,在抛光的旧桉木地板上滚动。它的外观非常普通,直白地显示着自己的功能,它提供了良好的庇护和家的温暖，就像个酒馆一样。

它的名字是遗留下来的。一些人可能会觉得这个名称不得体，甚至非常具有讽刺意味。这些孩子的健康受到了极大损害，没人希望一个孩子遭这样的罪。但是，也许是由于它以前的功能，以及它非常好的、充裕的空气，它变成了一个欢乐之地。孩子们再也没有得病了，但他们需要帮助，才能找到返回尘世的途径。

职员和父母们非常喜欢"黄金时代"。它的房间宽敞、凉爽，天花板高。孩子们被闪着希望和鼓励的脸庞环绕着。尽管艾达·戈尔德（职员们都叫她"艾达王妃"）不断挑毛病，但就连她也不得不承认，她感激它提供了这样一个"憩息地"。

孩子们喜欢这里的关怀和周围人表现出来的善意。在这里，他们不再是让母亲叹气、感到疲倦的牵挂和负担。与那些在家里住着、白天坐救护车到这里做功课、治疗的孩子相比，他们觉得自己不同，也有些排外，他们仿佛是一家人。整整一个上午，孩子们都在教室和新治疗中心之间穿梭。

对弗兰克来说，在这里，他成了一个新来的男孩，他努力想找到让自己表现得正常些的办法。这一次，"找到自己的脚"意味着学会如何走路。他决定好好表现，因为他不想再次被驱逐了。

夜晚躺在床上的时候，或者白天安静的时候，他总能听到进出利德维尔车站的火车的汽笛声，一点儿一点儿从远处传来。这让他感到十分安心。

当然，最重要的是，他不想离开艾尔莎。

他脑海里闪过一句话,那也许是一首诗的开头。

今天,当我找寻你时,
你的床是空的。
为什么?

脊髓灰质炎拿走了他的双腿,但给了他一个职业——诗人。

3. 艾尔莎

艾尔莎和雷玛·克莱住在婴儿病房里。微弱的哭泣声打破了下午的寂静，声音飘过过道，钻进了艾尔莎的大脑。最后，她下了床，坐着轮椅去了雷玛的小床。

"别哭了。"她低声对雷玛说，口气严厉，她的目光穿过小床的防护栏凝视着雷玛。艾尔莎对婴儿并不感情用事，但她不记得自己有过不去照顾妹妹的时候。经验在此时起了作用，她知道首先要做的就是阻止雷玛哭。她把一根手指放进自己的嘴里，鼓起腮帮，然后"砰"的一声拔出手指。雷玛突然不哭了。她的小黑脸儿湿湿的，眼睛也肿了。

你必须让他们想想别的东西。

"来啊。"艾尔莎说。她降低了小床一侧的防护栏，伸手解开了雷玛的夹板。她斜靠在床垫上做支撑，把那个小女孩儿拖到她的膝盖上。打嗝儿使那个小小的躯体颤抖起来。

艾尔莎伸出下巴夹住雷玛的肩膀,夹牢之后,她把轮椅朝窗户那边转过去。她抬起一块长长的白色窗帘,用它裹住轮椅,把她、雷玛与房间其余的部分隔开了。此时,被阳台遮暗的视野、一小段公路和它旁边的房屋就是她们的整个世界。对她们来说,这个场景是如此遥远,就像是在世界的另一边。

"看啊。"她朝上指,指给雷玛看。下午白花花的阳光无情地投射下来,一片薄薄的残云掠过她们的视野,海风肯定吹过来了。在医院漫长的日子里,隔离病房高高的窗户外的天空已经成了艾尔莎的后院,成了她的自由领地,成了专属于她的独家画展。她注视着天空,发现天空慢慢地变成了一种静止的、无穷无尽的、由各种形状和色彩构成的旗语,好像正发送着信息。在她能够自由徜徉的那些年里,阳光会照亮她的脸庞,风会吹过她的耳朵,而她却对上面的景象一直视而不见。这让她感到诧异。

"你母亲在看着天空,她在想你。"她对雷玛说,语气坚定,直视着雷玛惊恐的大眼睛。这是因为,雷玛哭着想要的,一定是她的妈妈。总是发生这样的情况。在隔离病房里,艾尔莎一整天都在用心倾听着从过道上传来的她母亲噔噔的脚步声。母亲穿着矫形鞋,急于找到她,隔着玻璃板便向她挥手、微笑,努力不流露出忧伤的神色。

天空对艾尔莎来说已经变得太重要了,在艾尔莎的思绪里,母亲和天空这两种存在逐渐缠绕在了一起。当她看着天空时,她想着她的母亲。天空好像在对她说，有些情感永远不会变，永远不会消逝。如果她的母亲没来，天空也会对她说，每个人都是孤独的。无论你遭遇了什么，地球都照样转动。

她离开隔离病房的时候，她父母终于获准坐在她的床边。而在她讶异地发现他们的身形变小了，他们似乎因为他们所遭受的惊吓而变得老迈、萎缩又局促不安。

她出事儿了，不过她还不明白是什么事儿。就好像她离开了，回来后已经远离了每个人。

雷玛必须学会独自一人。就算没有母亲在身边，她也必须去思考。

这就像松开一只手从高台跳板上跳下去，或者独自一人步行去学校。一旦你开始这么做了，你就再也不会害怕了。

所有的孩子都能听出他们母亲的脚步声。他们全都盼着自己母亲的到来，只有弗兰克·戈尔德除外。他说，他更愿意让他父亲来。

即使现在进了"黄金时代"，在她母亲来探视后，艾尔莎有时候也会产生一种奇怪的感觉，仿佛还有一位母亲在等着她。那位母亲形象模糊、态度和善、漂亮，就像一个天使，并且有着天使般完美的理解力。

4. 美冠鹦鹉

当孩子们用托盘在床上吃晚餐时,黑色的美冠鹦鹉掠过了"黄金时代"粗壮的砖砌烟囱。它们的叫声传了进来,孩子们循声朝窗外望去,但看不到那些黑色的大鸟在防护网厂上空盘旋、散开的情景,也看不到它们飞越铁轨的背影。孩子们洗了澡、梳了头,心满意足、安静地吃着饭。无论是来自郊区还是乡村,他们都知道那种叫声很平常,听着舒心,那是一个好兆头,预示着雨水就要落下了。

当美冠鹦鹉越过他们家的屋顶时,戈尔德一家听到了它们的叫声。他们家在北珀斯,如果坐火车的话,那儿距离"黄金时代"有两站路,沿着菲茨杰拉德街步行往上走需要走一英里。迈耶在他小小的前院里抽着烟,给他的菜地浇水。美冠鹦鹉正在飞往对面的公园,目标是松树上的坚果。它们的叫声真像一百个需要加润滑油的小轮子发出的声响,迈耶想。

在餐桌旁,艾达也在抽烟。她觉得美冠鹦鹉的叫声透着刺耳的忧郁,就像传进虚空之地的回声,那是澳大利亚特有的一种声响。

她和迈耶本来想去美国的。他们在维也纳等了几个月,想等迈耶父亲的一个堂兄的消息。那位堂兄年轻时就移民到了纽约。最后,在1946年年末,西澳大利亚提供了资助。他们犹豫过,但他们在维也纳只能住在一间宿舍里,凭借一块帘子把他们和另外五十个人隔开,其中有些人已经在那里住了好些年了。于是,艾达和迈耶接受了资助。当他们终于在弗里曼特尔登岸时,艾达恨不得直接回到船上。

艾达每天都能找到某种迹象来证明他们的航行运气不佳。如果她错过了一辆公交车,那是因为他们压根儿就不该来这儿。还有一次,在探视过弗兰克后,他们坐在餐桌旁喝白兰地,艾达说起了过去的日子。那时,她常常赶火车,向劳动营的指挥官行贿,让他给迈耶一包食物。有一天,在布达的一条街上,她打扮得就像一个老农妇,脸上蒙了一条围巾,手拉着弗兰克,碰到了迈耶的弟弟格尤里。格尤里是个屠夫,正在切分一匹冻死的马的尸体,周围是一圈儿默默等待的人。他对她说,他听说迈耶还活着。

但是,他们在这里,在一个自由、民主的国家,却依旧感到失望、虚弱、疲惫不堪。弗兰克是一个有韧性的小家伙,挺过了地窖、各种极限环境、大轰炸,甚至险些饿死。然后,他们来到了这儿，一切竟然变得更加糟糕了。

"艾达，"迈耶说，"脊髓灰质炎在世界上的哪个国家都有。"

"弹钢琴吧。"她说。随后再也没有吱声。他们之所以租下这座小小的不完整的房子，就是因为餐厅里的那架钢琴。他们还自己掏钱请了钢琴调音师。但是，自弗兰克患病以来，艾达就没有碰过它。

"为什么不弹，艾达？"迈耶问。他压根儿没料到他会那么思念艾达弹奏的乐曲。她之前每天都弹一首晨曲，一遍又一遍。

她摇了摇头。

他知道她为什么不弹。她在学院里的最后一次表演很出色，在那次表演之后，有一次，她羞怯地向他承认，虽然她反对宗教，但她有时候相信，就其坚持性、意外性来说，她的天赋来自上帝。弹奏是一种对话，她有点儿难为情地说。后来，他们订婚了，感情火热。

这是她身上最神秘、最迷人的地方。她每天都做出努力，想要配得上这种天赋，这恰恰是她最令人喜爱的地方。

此时，她成了一只拒绝唱歌的鸟儿。

"去床上吧。"他说，"你累了。"

但是，她摇了摇头。如果她累了，那么她做的梦就会更糟。她又痛饮了一玻璃杯的白兰地。

5. 弗兰克的职业

弗兰克的职业让他感到非常兴奋。他总觉得他拥有一种能力,但他不知道那是什么。虽然艾达曾梦想培养一个神童,但他觉得适合自己的不是音乐能力。而且,他也没有继承迈耶的手眼协调能力。

但是,自打他记事起,总有一种东西和他相伴,那就是一种隐秘的渴望,他觉得那就是他需要的东西。

如今,他知道了,他是一名诗人。他的感觉异常强烈,他的未来被重新归还给了他。他觉得他长大了,长得相当不错,不输给地球上的任何人。他能够克服任何艰难困苦,因为他拥有自己的能力。

不过,就像他不谈他过去在匈牙利的经历那样,他也没有谈过它。

在"黄金时代"的常规中,有一段可以利用的间隔时间。这段间隔在晚餐和熄灯之间,弗兰克可以在这段时间里消失。在托盘被拿走之后、夹板被夹上之前,在那二十分钟左右的时间里,无人看护病人。有时候,男孩子们会看书,看已经破损的蜘蛛侠漫画、伊妮德·布莱顿的书、《消失的战线》、《金银岛》。有时候,他们会玩丢纸团。马尔科姆·普尔最近一直上沃伦·巴雷特的床,因为他们迷上了大富翁游戏,路易斯则拿出了他的集邮册。

那是暮色将尽的傍晚时分。笑声从职工宿舍飘下了楼梯。护士们正在那里吃晚餐。要不了多久,她们就会欢快地、成群结队地向孩子们发动"袭击",给他们上夹板,安顿好他们,然后亲吻他们,拉下窗帘,把他们留在黑暗之中。

在这一个小时里,就像在日落之后那样,弗兰克总觉得有外出的必要。这是一种习惯,是他从父母那里继承来的。在晚餐之前,除非天气很冷或很潮湿,艾达和弗兰克总是会走出去,走到他们小小的前廊上,在那里抽烟,喝开胃酒,谁的话都不多。迈耶一手拿烟,一手拿着玻璃杯,步入小小的前院,查看他栽种的植物。街灯闪了一下后就亮了,照亮了菲茨杰拉德街上最后一批往家里赶的工人。鸟儿道着"晚安",掠过了公园的树顶。

在开往澳大利亚的轮船的甲板上,他的父母也是这样,站在扶栏边,背对着他。他们吐出的细烟在地平线上翻卷,就像他们自己的思绪。他们站立的姿势显得有些孤寂,却又毅然决然,似乎并不满怀希望。

这天傍晚,趁人不注意,弗兰克下了床,悄悄地转着轮椅出了房间,沿着走廊行动。在防护网厂的屋顶上,最后几缕橙红色的云正在慢慢消失。小鸟站在电线上,就像一排绳结。天空中已经出现了一颗星。

在外面,他的诗回到了他的脑海。

今天,当我找寻你时,
你的床是空的。
为什么?

他从他的浴衣口袋里掏出了铅笔和用了一半的处方笺。"你的诗以什么方式被赋予你,你就应该以什么方式紧紧抓住它们。"沙利文曾经这么对他说过。所以,一定要有个笔记本儿。弗兰克是在传染病分院的停车场发现那个处方笺的。肯定是哪个医生把它扔了。它的大小装在口袋里正好。当他把它掏出来时,他感到一丝激动。每张空白单都在等待着指令的下达,每张的大小都正好适合写下一首诗,或是一首诗的头几行,适合写下那一刻的思想、话语。

他突然觉得,这首诗也完全可以说是写沙利文的。沙利文是那位传染病分院的诗人,正是沙利文把弗兰克引入了他命定的职业。实际上,在他写这首诗的时候就已经意识到,他是为了沙利文而写的。他的诗也许都是这样的。

正视死亡是任何一首伟大的诗篇不可或缺的元素,沙利文曾经说。

随后,他把眼睛转向弗兰克,说:"在这方面,我们拥有一种提前优势。"

6. 诗　人

皇家珀斯医院传染病分院比"黄金时代"大得多，弗兰克最初被送到那里进行康复治疗。1893 年，天花病流行起来。在此期间，传染病分院开始运营。它最初是一家帐篷医院，设在珀斯郊区未开垦的灌木林带里。不祥的是，一个新的城市公墓很快就在它附近被设立起来。随着医院的发展，它的病房在那片灌木丛里伸展开来，出口与走廊相连，成了一座长楼。一旦用惯了轮椅，弗兰克就飕飕地在走廊里穿行。他拜访病房和厨房，追逐他喜欢的护士，和病人聊天儿。那些病人坐在走廊上，看着鸟儿飞进黑黢黢的树林，又飞出来。

在康复期间，他很想知道他为什么还活着。

绝大多数患脊髓灰质炎的病人都是单身的年轻人。他们侥幸活了下来，兴致很高，喜欢讲和疾病有关的黑色幽默笑话。弗兰克是他们中最小的，很快便承担了传递消息的任务，他还为轮椅篮球赛呐喊助威，帮助设计每天例行对护士搞的恶作剧。这个瘦弱、面色苍白的淘气鬼，在那么一小段时间里，成了他们的吉祥物、丘比特和小兄弟。哪里都有他。他差不多还是个"孩子"，让人对他生不起气来。他轻易就能明白某种东西，就像他体内有个开关被打开了。在后来的岁月里，他认为这是独特的"魔力"。

有时候，在斑驳的光影里，那种等待的感觉，以及无穷无尽停停走走的陌生人，会让他回想起小时候在维也纳的难民收容所里度过的时光。他已经获救了，但尚未回归现实生活。在关于生活的课程上，他已经远远落后了。他热爱自由。而且，他正像是已经获得了可以延缓长大进程的授权一样。

一天，他进一步深入探索医院的老旧部分，他设法通过了沉重的大门，进入了一个未知的病房。病房里有四个带孔的大盒子。它们排成一排，宛如船坞里的潜水艇，它们幽灵般的、有节奏的呼吸声弥漫在整个房间里。弗兰克在门口待了一会儿，一动不动地。他清楚地明白这些声音来源于哪里、为了什么——它们是代替呼吸的铁肺，是困住你的"棺材"。除了死亡，这是脊髓灰质炎带来的最糟糕的东西。

他的额头上渗出了一滴汗。一种幽灵般的被监禁、无助的感觉刺穿了他的身体。他回到房间，回到他的床上，默默地躺了下去。

但是，到了第二天，早餐的盘子刚被收走，他发现自己马上又转着轮椅去了铁肺病房。

那个地方有一种特别庄严的平静气氛。弗兰克知道，那是早上洗刷、喂饭的混乱后的短暂平静。在房间的那一端，专门有一名护士在照看一个病人。一颗头颅从距门最近的盒子里伸出来，它脱离了枕头，就像一颗盛放在盘子里的头颅。弗兰克瞥见了一个又高又白的额头、一只干净的大耳朵、罗马人般的鼻子和下巴。那侧脸明明就是一个成年男人，但却有着男孩般纤细的脖子，那人看上去就像一个小学六年级的学生会会长。

"你是要进来吗？"那个人平静地说，不过没有转头，"到这儿来，我们聊聊。"

弗兰克转着轮椅进去，停在他的旁边："你是怎么看见我的？"

年轻男子把他的眼睛往上翻了翻。在他头的上方悬着一块长方形的镜子，那镜子倾斜了一定的角度，正对着走廊。

"往后稍退一下。好了。你多大了？"

"快13岁了。"

"你在这儿干什么？"

"随便看看。你在干什么？"

"写诗。"

沉默了一会儿，弗兰克说："但是你没有……"

"我在脑子里写。"

"诗的题目是什么？"

"雪原。"

"雪？在澳大利亚？"

"实际上写的是天花板。"

"写天花板的诗？"弗兰克声音有点儿扭曲，默默吞下其他问题。

"我已经写好了头几行。"

"说来听听吧。"

诗人顿了一下，深吸了一口气。

昨夜，

雪定然来过了，

这就是全部，

我现在能看到的。

"不押韵啊！"

"你为什么觉得必须押韵？"

"在学校里……"弗兰克的声音弱了下来。

诗人微微一笑，呼吸了一下。"亚述人冲下来像……狼在羊圈……他那穿紫袍的军队……铠甲金光闪闪。"

他吟诵得很快，呼吸间吞吐着奇妙的韵律，像一支儿歌。

"我们就是这么学的。"

"当然是这样……你叫什么名字？"

"弗兰克·戈尔德。"

"看啊，拜伦勋爵……在一百……四十年前……写的那首诗，你再也……不必……写那样的诗了。顺便说一下，名字真好……戈尔德，很……贴切。"

他的名字叫沙利文·贝克豪斯，弗兰克开始每天都去拜访他。正式的拜访时间很严格，每周两个下午，时间从正午到下午1:30。为了每天选择正确的时间进入那个病房，弗兰克用尽了他所有的技能——直觉、观察、经验——来进行合适的拜访。然而，过了一段时间，他才发觉，护士是知道他来这里的，但她们默许了他的行为。或许是因为沙利文和她们说起过他，弗兰克猜。

他们的谈话常常是关于诗歌的。沙利文如同一个老师，弗兰克是学生，尽管弗兰克现在还没有一丝作诗的想法。实际上，当艾达和迈耶互相引用匈牙利语的诗歌时，弗兰克会感到很厌烦——尤其是艾达那略显神圣的声音。他觉得她对音乐和文学的尊崇是做作的、有意为之的，她将它们看得比其他任何事儿都重要。

"诗歌不需要夸张，"沙利文说，"也不是为了炫耀什么。它听起来就像是有个人在说话，它完全是一件很私人的事情。美国的诗歌发生了重大变革，一场新的运动正在兴起。我从第一次世界大战的诗人中汲取了经验——罗森博格、萨松、欧文。他们并未赞美战争，而是简单地、一点儿一点儿地谈论那些和他们一样的战士的经历。不论在哪里，他们都从未停下自己的笔触，哪怕是在地下掩体里、在船上、在火车上，甚至是在医院里。"

"一旦你习惯了你的处境,"他说,"你的想象力将再度得到自由。"

沙利文总是在写诗。那些诗是关于什么的呢?弗兰克很想搞清楚。

"朋友、航海、夏季的河流、在学校的最后一天……从前写的大多是这类怀旧的或是临时创作的诗。但如今似乎总是在写关于现在的诗,过去仿佛变得极其遥远。"

弗兰克的第一印象是对的。沙利文在学校里是学生会会长。沙利文在一所男校就读,他是学校赛艇队的队长,在一场名为"河流的首领"的比赛中,他们曾以微弱劣势败北。接下来,沙利文被确诊患上了脊髓灰质炎。他曾打算毕业后去大学读英语专业。(学英语?我们所有人都会,还用学吗?弗兰克想。)航海是他的挚爱。他有三个兄弟,一个比他大,另外两个比他小,他们一起住在带着花园的房子里,那房子就在天鹅河的尽头。沙利文刚满18岁。

"我父亲打算等我出院了给我买一个助力器,这样我就能远行了,也可以再次游泳了。"

在此之后,弗兰克的脑海里形成了一幅图画,他把这幅图画与沙利文联系了起来。那是数年前他从火车上瞥见的一个场景。当时,他和他的父母准备去看望住在中部地区的匈牙利朋友。画面里有一座带着宽阔走廊的两层房屋、一块斜坡草地,柳树的叶子拂过橄榄绿的水面,小码头上小船晃动。穿短裤的孩子们跳上小船又跳下去。那就像旧式绘画中的一个场景。当然了，那不是沙利文的房子，沙利文的房子其实是在城市的另一边。但是，这个场景一直徘徊不去，宛如一支曲子或一阵芬芳。只要他看到或想到沙利文，他就会想起这个场景：水面上的太阳、摇晃的小船、蹦蹦跳跳的细腿孩子。

探望沙利文的还有沙利文的父亲。他利用闲暇时间进进出出，肯定没有谁会阻拦他。他个子很高，长腿，斑白的头发向后梳着，注重礼仪，穿着一套迈耶会欣赏的套装，有时候也穿一件有着金纽扣的蓝夹克。护士长有一次亲自把他领了进来。"你这个淘气鬼，走吧。"她微笑着对弗兰克说，露出了牙齿。弗兰克感觉被冒犯了，立即转着轮椅离开了。沙利文的父亲什么时候来，弗兰克就什么时候离开。当有人来探望某个病人时，其他人就离开，这是所有病人都会遵守的一种礼貌，护士长难道认为他不懂吗？

但是，贝克豪斯先生已经背对着护士长了，正朝着沙利文弯下腰。"你怎么样，老伙计？"他低声说。他一贯如此，眼里没有别人。

有一次，在沙利文的支持下，或许还受到了沙利文的鼓动，他转向弗兰克，而弗兰克正在忙着想他的告别词。"那么你就是楼上最小的病人了。"他和蔼可亲地笑着说。他的发音非常标准，几乎和英国人一样。"一个新澳大利亚人。"

"是的。"弗兰克说。

"弗兰克·戈尔德。你来自哪儿啊？"

"匈牙利。"

"哦。"贝克豪斯先生点了点头。弗兰克感受到了这个男人的冷淡目光。

"你什么时候来的澳大利亚？"他微微一笑，眨巴着眼睛，尽量不去看沙利文。

"在1947年。"

"喜欢珀斯这个地方吗？"

虽然似乎有必要给沙利文的父亲说实话，但弗兰克还没想好怎样概括他的经历。

"喜欢。"在这位父亲痛苦而绝望的烈焰的炙烤下，弗兰克的魔力就像清晨的露珠一样消散了，他没办法说实话。沙利文父亲的内心似乎一直在说：为什么我的儿子要这样？为什么我的儿子不能坐在那里？

"好孩子！"他又把脸转向沙利文了。沙利文总是有一个笑话或一件病房生活的逸事讲给他的父亲听。

弗兰克明白了沙利文背负的巨大责任。我干吗要拒绝它呢？他一边想，一边转着轮椅离开了。他知道，他父母把他失去的双腿当成他们又一个不得不承受的不幸。我拒绝成为他们唯一的光，我想成为我自己活着的理由，弗兰克想。虽然迈耶每个星期来一次传染病分院，有时候艾达也是如此，但他宁可他们永远也不来探望。他现在已经和沙利文进入了另一个世界，一个魔法的世界。

有一次，当他跟艾达提起沙利文的名字时，她皱起了眉头。"贝克豪斯？那是个德国名字吧？"

"我不知道！"他不耐烦地摇摇头，"他是个澳大利亚人。"

"也许是个瑞典名字，"艾达若有所思地说，"你怎么拼它？"

"'apposite'（适当的）是什么意思？"弗兰克问她，想换个话题。

"它的意思是……完全不同……在另一边……你懂的。"

"不是opposite，是apposite。"他再次摇摇头，眼睛看向了别处。

有传言说，沙利文的父亲是州长助理，是坐着配有专门司机的车来探视的。弗兰克开始在走廊上等，等着观看贝克豪斯先生离开病房。贝克豪斯先生低着头，耸着肩，夹克飞扬，迈着从容的大步走向车道的尽头，一副小心翼翼的样子。有一辆黑色的大哈博车停在那里。

沙利文说，只有当他孤单时，他才能过上他真正的生活。

"因为你是个诗人？"弗兰克问道。

"当然不是！每个人的生活不都是如此吗？"沙利文说，"看看艾迪。"

沙利文这样称呼照顾他的护士，这个名字是他偷偷起的。

"她的面庞如此文雅、开朗，你注意到了吗？她总是在为别人考虑。"弗兰克注视着那个平淡无奇、满脸雀斑的"艾迪"，扁平的身材，短腿，她不是他们总关注的那个漂亮护士，但是，艾迪是一个爱笑的人。

"我会幻想她独自一人待在自己房间里的样子,"沙利文继续说,"她坐在床上,脱下鞋子,慢慢卷下长筒网丝袜,我相信那时她看起来会很美。"

"我们其实是死于孤独。"沙利文说。

沙利文一向和善,但有时候弗兰克到来时,弗兰克不说话,他躺着不动,只是眨眨眼睛表示欢迎,随后便直勾勾地看着前面。第一次这么做时,他用嘴向弗兰克示意:"我在工作。"

如果弗兰克在那里坐的时间够长,沙利文会在每次呼气的时候说一句诗,弗兰克把它们记在他的处方笺上。

事实证明,
我们坚强,
就像蟑螂。

弗兰克浑身发抖,他还是觉得自己太脆弱了。他仿佛听到了甲壳"嘎吱"的声音,如同脆弱的骨头正在裂开。就像所有的生物那样,人的肉体也很容易被彻底毁灭。

"别担心,戈尔德。"沙利文说,"我会接着写的,铁肺是个好编辑。"

有一次,他非常冷淡。当弗兰克问候他时,他连眼睛都没有睁开。"他昨晚遭了不少罪。"当弗兰克进去时,护士长宾尼对他说。

弗兰克一直等护士离开，才朝他俯下身去。"你怎么样？"

沙利文睁开了一只眼睛。

"不能抠我的鼻子，不能挠我的睾丸，不能擦我的屁股。不过除了这些，一切都称心如意，戈尔德。"

他闭上了眼睛，咧开嘴笑了，仿佛一切对他都没什么。

沙利文的病情逐渐好转后，终于不再待在铁肺里了。他被绑在一个躺椅上，一直绑到脖子，随后就可以和弗兰克一起在走廊里坐着，椅子挨着椅子，刚开始只能坐五分钟，然后十分钟，再然后半个小时。阳光正好，空气清爽。他们坐在那里，对世界感到心满意足，就像两个已近暮年的老人。"最后，我终于学会了如何生存下来。"沙利文说。

他说起脊髓灰质炎侵袭他的那一天。每个人发病的情况都不一样，他发病时恰逢那场著名的"河流的首领"划艇比赛。一开始他感觉自己全身发抖，但他认为那不过是因为神经紧张。比赛正在进行，他的船领先对手一个船头。突然间，他的力气消失了，再也没办法继续划了，就像拉着铃的铃绳忽然断开一样。他们最后排在了第三，比赛结束后，他觉得太热，颤抖得太厉害，于是认为游泳之后也许会好些。他不在乎这是不是出格，直接一头扎进了河里。然后，他发现他的腿动不了了，他举起手求助，可所有人都觉得他在开玩笑。等他们把他拖到艇上的时候，他已经呼吸困难了。

他异常清楚地记得那天的情形，在他看来，那段记忆有一种美感。在学校的生活过得太开心了,他有两三个关系很好的伙伴。他相信,他们会成为他一辈子的朋友。

他们把他平放在艇上,向岸上送去。他看到灼热的阳光穿透了他的眼皮,也感受到照在他身体上的热度,耳朵里满是男孩子们涉水时水飞溅起的声音。他听到了他们的沉默,就在那时,一首诗闪进了他的大脑,道尽了这一切。那是一首长诗、大诗,题目是"我在世上的最后一天",他现在写的一切都是它其中的一部分。

相比之下,弗兰克的发病经历不太有诗意,他一点儿都不想说。在他的记忆里,发病的那段时间,他感受到的是自己家庭生活的喧嚣、苛刻、过分亲密,如同一出悲喜剧。他刚开始头痛得目眩,拒绝起床。艾达冲他喊叫说她要迟到了,有可能丢了她在女帽店的新工作。迈耶上早班,早就走了。艾达火急火燎地走了,然后又从公交站点回来,想最后检查一下他的额头。接下来,她疯狂的喘气声充满了他们小小的房子。她在迈耶的衣服口袋里找硬币,骂他每当需要的时候都不在。她沿着街道跑向电话亭,去给科恩医生打电话,也不管前门还大开着。

然后,迈耶奇迹般地出现了。弗兰克像一个婴儿般躺在他的臂弯里,被抱向了救护车。迈耶被晒成褐色的脸在那时变成了浅灰色,艾达的脸色也是煞白。人们远远地看着,其中包括扎内蒂一家、其他邻居和路人。他们的脸模模糊糊的,宛如梦境。

这将教会他们一些事情,他曾经想。他有一种不可思议的超然和无动于衷的感觉。教会他们什么呢？不要指望他会成为他们的全部幸福！他拒绝成为他们唯一的光。

他此时想，有一天这一切也将成为一个梦。在阳光的照射下，他闭上了眼睛。

"我们正在好转。"他对躺椅里的沙利文说。

"也许这只是暂时缓解？"沙利文反问道。突然，沙利文的背部开始出现严重的痉挛，弗兰克赶忙去找艾迪。

一天晚上，弗兰克醒了，房间里很热、很黑，外面还打起了雷，闪电劈开了天空，大雨倾盆而下。他躺在那里，想起铁肺是靠风箱工作的，风箱连接着病房窗户外面的一台大电动机。

他的轮椅被放在了病房的门边，他没办法够到。他索性从床上滑到地板上，用肘部撑着越过了冰凉的油地毡，通过房门，到了走道上。当他费力向黑暗中看时，倾盆而下的雨水溅到了他身上。他发现到处都没有生命活动的迹象，难道所有人都忘了铁肺里的病人？

在接下来的一道闪光里，他看到了一群白色的身影。那些身影就像幽灵，在如注的大雨中行进。他看出那些女人是护士。她们从宿舍跑向了铁肺病房，她们身上穿的短睡衣全都湿透了。当他看到那群护士时，他就知道铁肺里的病人将安然无恙。他精疲力竭，勉强撑着回到自己的床上。第二天上午，在铁肺病房，他才了解到，她们竟然一连三个小时用手在给那些风箱打气。

不久，医院里有传言说，一些病人将被允许回家度过周末。

只是，沙利文不在其中，因为他再也离不开铁肺了。而弗兰克也不在其中，因为他不想离开沙利文。

"我正在缓慢地变成别的某种东西。"弗兰克在处方笺上写道，为了沙利文。这是他的新诗的第一行，诗的题目是"痕迹"。

我们把悲剧留在了家里，
留给了我们的母亲和父亲。

"我父亲想刊印我的诗。"沙利文说，"就一小部分，不是现在这些诗，是我过去写的那些，关于朋友和航海之类的，押韵的那些。他想把它们称为'青春'，我想把它们称作'我在世上的最后一天'，但他不听我的。我希望结尾用另外一首诗，虽然我还没写完。"

他闭上了眼睛，一会儿又睁开，看着弗兰克说："这最后一行是送给你的，戈尔德：到最后，我们终将成为孤儿。"

第二天上午，在病房的早餐盘发出的"锵锵"声中，弗兰克听到一个护士对另一个护士说，一个铁肺病人昨天晚上去世了。

弗兰克急忙去够他的轮椅，他的盘子无意间被打落到地板上。

"嗨，小家伙！""你这是怎么了？"当他转着轮椅下到走道上时，其他病人这样喊道。

沙利文的铁肺不见了。

"我正要去告诉你。"艾迪说。她的鼻子和眼睛红通通的，帽子也歪了，肩膀下垂。"他有一点儿流鼻涕，不想喝茶，突然就发起高烧来。"她的拇指和食指"咔嗒"一声碰到一起。"他离开了，沙利文就这样离开了。"她站在弗兰克面前，扣着自己的双手，然后又松开了。

一行诗句进入弗兰克的头脑。

啊，你为什么这样站在我面前，
扭着你红通通的小手？

"它在哪儿？"他朝着原来放着铁肺的地方做了个手势。

"正在维修，熏蒸消毒。需要这样，弗兰克。"

沙利文的父亲和护士长走过了病房。沙利文的父亲面色苍白，拿着个袋子。当他看见弗兰克时，停下脚步，低下了头。"我亲爱的孩子已经失去了他的生命。"他说。他的言行举止是在对他儿子的朋友表示尊敬——一种官气十足的致意。他抬起头，向前走去。

沙利文失去了他的生命，但他仿佛还活着，只是没了他的肉体。

弗兰克的绝大多数亲属都在战争中被谋害了，但他对他们的死亡从来没有感觉。他怔怔地躺在床上，从口袋里掏出处方笺，打开，翻到沙利文让他记录下的最后几行诗句。

我必须找到一个,
能够呼吸的地方,
那是诗人的故乡,
是我们心中最深的执着。

"不过是些笔记,戈尔德。"沙利文曾经说,"我们还有很多事情要做。"

弗兰克在接待大厅的电话亭里给迈耶打了电话,当时迈耶在上班。"一个男孩儿去世了。"除此之外他什么都说不出来。他感到头晕、发烧。他试图完成一首诗,沙利文的诗,《我在世上的最后一天》,现在轮到他接着写了。他感觉周围的一切都在旋转,医院的走道像流动的动脉,流过厚重的、有着微弱的呼吸声的黑暗房间。除了这些,还有跳动的阳光、俯冲的鸟儿、灌木丛神秘的阴影。他感受到了自己的生活和这个悸动的世界,他顽强跳动着的小心脏不过是其中微小的部分而已。

他没挂电话就离开了。他上了床,拉上帘子。熟悉的黑暗在那里等着他。他直挺挺地仰面躺着,睁大眼睛,手臂放在两侧,缓慢地呼吸着,仿佛也死了一样。

7. 火　车

　　他们是在傍晚离开的。当时街上还有一些人,他们都急着在天黑之前抵达避难所。前一天晚上,他们公寓下的那个混住大公寓里的人遭到了围捕,全部被带到了河岸旁。有多少人?三十人?四十人?他也不清楚,他只知道,那些人中有些还是孩子,他和他们一起玩过游戏。

　　他已经在外面很久了。一切都显得更破旧、更阴郁了。树上没了叶子,破碎的街灯也没了光。他看到鹅卵石上的小坑里盛满了水,看到一个影子拐入一条小巷,看到通向幽暗庭院的拱门。过去有一个男人经常从一个开在一堵墙上的窗户里卖水果,现在那里什么也没了,只剩下一堆丢在排水沟里的砖头和石块,到处是一片漆黑。

　　寒风刺骨,他裸露的腿好似挨了一巴掌。他大哭起来,强风刮走了他的眼泪，他已经忘了外面有多大。

他的母亲猛拉了一下他的胳膊："你怎么了？"

"我的腿疼。"他感到迷惘、困惑，受到了羞辱，因为他穿着一条裙子。

她正在带他去她以前的钢琴老师朱莉娅·马莱那里。朱莉娅住在布达，就在河的另一边。她在最后一刻认定，对他们来说，如果他被打扮成女孩儿，可能会安全一些。如果他们被拦住，他就不会被搜身。如果被搜身，他们就都露馅儿了。这天上午，她用一条毯子的一端现做了一条裙子，但就是找不到一双小女孩儿穿的长袜。他们尽可能把他的短袜拉高。他的脖子围着她的围巾，算是补偿。他的针织帽被拉得很低，盖住了他的男孩儿耳朵。一辆电车正在驶来。他们该不该冒一次险？但是，等车门开了，艾达看到阶梯上一双穿着绿色制服的腿，又赶忙把他拽了回来。

他看到一只小狗蜷缩在人行道上，但他没时间去拍拍它。艾达一再叮嘱他，千万不要停，能走多快就走多快。如果他要撒尿，也必须像女孩儿那样蹲在地上。

母亲的高跟鞋在人行道上发出"咯噔咯噔"的声响。她的胳膊紧紧拖着他的胳膊，以便控制他。她不低头看他，她用一顶下垂的帽子遮住眼睛，那是她特别为自己准备的。此前，她整个冬天都没戴帽子，因为迈耶在劳动营里。既然迈耶在乌克兰冰冻的山里没帽子戴，那么她也不想戴。

但是，她现在要去做一份工作了。她的嘴抿成一条直线，嘴唇已经消失了。她完全变成了另外一个人。

他们走过一座大桥，大桥就像公路那样宽，呈环形，静默地悬在潮湿的、灰蒙蒙的空气里。桥上没有汽车，也几乎没有别的人。母亲的步伐加快了，仿佛这里面有某种危险的东西。河上比较亮，但太过寒冷，以至于他迈不动腿。脚步声在他们后面回荡。艾达突然把他猛拉过去，贴住她。他的腿盘住了她的腰。他把头放在她的肩上，她的心跳正在猛烈敲打着他的胸膛。她用胳膊围住了他冰凉的、细细的大腿。他看到，在他们后面，黑色的水在黑色的天空下流动。他睡着了，就一会儿。

朱莉娅·马莱和她的同伴赫德维嘉住在一间长长的房子里，那间房子位于一栋狭窄的五层公寓楼的顶层。公寓楼耸立在一排其他的建筑间，它们俯瞰着铁路线上方的堤岸。此时已是夜里。他们通过一座拱门进入一个庭院，向左拐，登上一段开敞式楼梯，一层一层地往上走。他们尽可能走得静悄悄的，无声无息地经过每一层排开的阳台。所有公寓的门都关着，窗帘都拉着。弗兰克落在了后面，艾达蹲下来，示意他爬到她的背上。他有些想呕吐了，而她太亲切了……那一刻正在靠近。

到了顶层平台的最后一个房间的门口，她让他滑下来，轻轻地敲了三下，然后拉住了他的手。她等待着，又敲了三下。

"会有蛋糕吗？"他低声说。

"谁现在会有蛋糕，弗兰克？"她"嘘"了一声，摇了一会儿他的手，好让他暖和起来。

门开了，一个胖女人往后站了站，让他们进去。她硕大的体形就像一堵墙。房间比外面暖和些，但很昏暗，光线仅从一个灯发出来。他们经过了一个火炉、一个水槽，然后一转，进入了一个长长的房间。房间里塞满了家具，一架钢琴、一张桌子、几把椅子。他稍微后退了一下，每当在拥挤的房间里嗅到其他人的气味时，他总是这样。他现在习惯了那些成熟的成年人的气味，包括腋窝、便壶、炖骨头、旧鞋散发出的气味，以及令人讨厌和恐惧的呼吸的气味。还有一种气味，他早就记得，那是牛奶的气味，热牛奶的气味。

一个白头发的老女人坐在房间深处的一把扶手椅上。扶手椅旁边是一架钢琴。当他们走近她时，他看到一条黑尾巴轻轻一击，消失在一块窗帘后面。他母亲曾向他提到过，这里有一只猫。

"这是弗兰克。"艾达脱下他的帽子，碰了碰他的后背，让他鞠躬。但是，他胃里的翻腾让他无法抬起眼睛。

"我是个男孩儿。"他抱怨道。

"你当然是个男孩儿。"一个低沉、拘谨的声音说，"你将穿回你的裤子。"

他抬起眼睛，发现老女人坐在前面，弓着背，轮廓宛如半明半暗的山腰。她的上眼皮松松地垂在黑眼睛上，苍白的方脸上目光闪亮。

就像是在遵守一道命令，艾达蹲下来，从她的手提包里拿出了他的羊毛裤，套在他的鞋子和腿上，脱下他的"裙子"。她把裙子和一些钞票交给了那个胖女人赫德维嘉。她亲吻了朱莉娅的手,跪在弗兰克的面前,把她的围巾从他的细脖子上摘下来。"叫你做什么就做什么。"为了强调,她缓慢地说,"你现在是个大男孩儿了。"她的呼吸散发着她发干的嘴巴的气味。他知道,她有些担心。

她离开了。他跑到窗户边,从两块窗帘间往外看,但黑暗已经吞没了她。当她走在路上时,有那么一会儿,他觉得他仍然和她在一起。失去了她的围巾,他觉得自己冰凉、毫无遮掩、漂泊不定。他抽噎了一会儿,但那两个女人仿佛聋了一样。他听到火车发出的汽笛声,接着又听到一声拖长的、缓慢的呼啸声,附近肯定有一座火车站。

赫德维嘉拽着他的肩膀,把他领到桌边,放在一把椅子上。椅子是用两个垫子做的,比一般的椅子高些。他前面放着一个盛热牛奶的汤碗,碗里放着半满的浸泡过的面包皮。在他的注视下,她在上面撒了少许珍贵的糖,往后一站,默默地看着。他全吃完了,连眼都没抬一下。就一顿饭来说,这足够了,这让他感到温暖。他发出一声叹息,内心的惶恐终于平息了。赫德维嘉的眼睛闪了一下,似乎她就是这样笑的。

她把他领到靠墙放着的一个大木箱边,打开盖子,里面是一张铺好被褥、放着枕头的床。他爬进去,很快就睡着了,像一只填饱了肚子的小狗。

在白天,木箱的盖子会被关上,因此没人知道那是一张床。

他不被准许把脸贴在玻璃上，或者碰掉玻璃上的霜。因为你永远也不知道谁有可能从街上仰望。而且，他也永远不能外出。朱莉娅说他是她们的秘密，"永远不能说，永远不能显露。"

几个星期前，艾达曾独自去请求朱莉娅。艾达留下弗兰克和其他孩子玩儿，其中有个大一点儿的女孩儿，她答应照料弗兰克。等待中的每一分钟都很难熬，在那两个老女人商量的时候，为了尊重她们的隐私，艾达用朱莉娅的钢琴弹奏起《锤子键》开头的几节，假装不在乎她老师一贯挑剔的耳朵。

当艾达把手放在膝盖上转过头时，茱莉亚问道："我们必须丧失什么？"艾达看着她们变红的脸和闪着战斗光芒的眼睛。她清楚，她们对参与抵抗感到高兴。但是，她们真正的勇敢不在于此，而在于共同默许对她们原本平静生活的侵扰，那是她们数十年日常生活的甜蜜所在啊！

谁会想到有一天，她会请求这个让她感到敬畏的女人收留她的孩子？谁又会想到，对小孩子不感兴趣的朱莉娅会接受？在这些岁月里，就像天赋那样，善良和无私是可遇不可求的，是无比令人兴奋的。到了此时，正如她预料的那样，艾达已经习惯了平常生活中的太多的拒绝、推脱和蔑视。

虽然如此，艾达还是愿意请求朱莉娅帮忙的原因，只是艾达是朱莉娅的继承人、明星学生、领军人物。

是她的天赋拯救了他。

艾达现在没了牵挂，轻松了许多。她转过身来，走下山丘，穿过萨巴德萨加桥（自由桥）。萨巴德萨加桥是横跨多瑙河、连接城市两侧的七座桥中的第五座。步行穿越这座桥如同一场考验。一切都静默无声。当为数不多的几个围着围巾的行人彼此走近又走远时，脚步声在桥上久久地回响着。她走着，帽子下的脸毫无表情，几乎是在扮鬼脸。当然了，魅力可能是她仅有的能够自救的方式，谁知道呢？

她深感悲伤，也十分紧张，试图将生存、自爱作为自己小小的战斗核心，她一向不缺这个，现在也肯定不会失去。如果他们两个要活下去，那么她就需要她全部的干劲儿和精明了。

现在情况更简单了，因为她独自一人了。艾达从来没有顺利地接受过母亲的身份。

她再也不是艾达·戈尔德了，而是特里吉雅·巴拉。她承受不起因牵挂弗兰克而分裂的心。狂轰滥炸将降临布达，这是迟早的事儿。万一遭到轰炸，朱莉娅是不会和其他所有住户一起逃到下面的地窖里去的，这一点她早就说过。朱莉娅的腿已经再也动不了了，而赫德维嘉不会抛下朱莉娅一人。实际上，自从德国人于3月份抵达以来，朱莉娅根本没离开过公寓。

艾达没有告诉朱莉娅，她已经考虑到了这种情况。她知道，那两个老女人如果带着孩子将永远难以及时抵达地窖。更别说还有那只叫蒂伯的猫了，没有蒂伯，她们不会离开。不过，按照她的估计，与那些被逮住并被射杀在多瑙河里的人相比，他们被炸飞的可能性要小一些。

此外，正是在地窖这样的地方，才会有人注意到那个流浪的孩子，注意到和两个老女人待在一起的"客人"。他会向看门人提到这个新"外甥"，而看门人则可能和箭十字党有关系……

没错，即使她的儿子和其他所有人一起被一枚炸弹炸死，也比被挑出来、逮捕，和另一个已经被射杀的人绑在一起丢进多瑙河里淹死更容易让人接受。他们将一个被射杀的人身上绑上两个甚至三个活人，通过这种办法，子弹被节省了。

这就是她做的抉择，它的可怕性让她头晕目眩了一会儿。更可怕的是，她不确定迈耶会不会同意。"看紧他。"他最后说。他认为，那个男孩儿应该和她待在一起。

但是，看到朱莉娅总是会坚定她的决心。朱莉娅总是坚持做不可能做的事情，坚持找到自己的办法，坚持让别人感到惊奇。天赋并不够，朱莉娅过去常说，你必须找到你的那种理解力、那种渴望，以及你体内的那个小小的、毅然决然的孩子。为了获胜你必须拥有某种残酷性，一种理所当然的残酷性。在天赋的等级结构中，你天生就是个贵族……

艾达是一个犹太女孩儿，已经在李斯特学院获得了奖章。在她第一次演出时，所有听众都起立喝彩，而她则在掌声中把花赠给了朱莉娅。

为了庆祝，她父亲带着全家人去巴拉顿湖度假。在那里，她结识了迈耶。等到颁布的法律禁止她上学、讲课、表演时，她正处在恋爱中，已经快要结婚了，因此她的心并没有破碎。

等吧,朱莉娅说,这种疯狂会过去的。"练习!坚持练习!"

婚后,艾达装饰了她父亲给他们的那套公寓。没多久她就怀孕了,不再弹钢琴了。那些琴键与那种已经潜入他们生活的疯狂、阴险的敌意无关,与羞辱、驱逐、专横的法律无关,与那种他们无以名状的、不断增强的力量无关。那是只有在多年保持信心和耐心后,才能够得到的最美的奖赏。

她想要一个像迈耶一样的孩子。但是,弗兰克出生后,她注意到,他的脸尖尖的,苍白又容易急躁,就像她的脸。他最初的微笑也像她的微笑,而且往往是对着迈耶露出的。

与迈耶分离产生的孤独再也没有离开过她,就像她温暖的肉体、内在的勇气已经被剥夺了一样。她的胃疼妨碍了小便,她指甲下的肉裂开了,她的牙床萎缩了……等他从劳动营里回来,他抱在怀里的将会是一个老女人。

在她的身后,右侧是俯瞰多瑙河的大温泉宾馆盖利尔特。如果她停下来,她就有可能听到一些旋律。在这些日子里,乐队仍然在给一群穿制服的新客人演奏。

1941年,通过李斯特学院的一个老朋友,她获得了在盖利尔特著名的茶室弹钢琴的工作,每周一个下午。一天,一个侍者递给她一张不知道是谁写的纸条。纸条上写着"他们将来抓你"。她把它放在了她的礼服的前襟下面,就好像那是一封情书。她神情庄重,开始弹奏施特劳斯的一支欢快的圆舞曲。面对热烈的鼓掌,她站起来,兴高采烈地举起五根手指,示意她要离开五分钟。

她鞠了一躬,没有穿大衣、领工钱就通过厨房门溜了出去,跨过萨巴德萨加桥,回到了佩斯。

她的新工作的地点在乌伊佩斯的一个郊区,乌伊佩斯几乎被炸毁了。通过迈耶的兄弟亚诺斯的基督教女友苏茜,她买到了证件,现在她是特里吉雅·巴拉,来自圣安德烈的一个女帽商,并且从今天起担任一对老夫妻的管家。苏茜给了她一个十字架,让她挂在脖子上,还教了她《圣母经》。

她知道迈耶还活着,他就在乌克兰。但事实上,与其说她知道,倒不如说是她感觉到。但是,她的预感正在变弱。她的神经变细了,伸展过度,就像一根天线那样摇摆。她在梦里瞥见过他,他似乎坚持不了多久了。在梦里,他蹒跚着从她身边走过,挺身进入一场暴风雪之中。由于迈耶的基督教生意伙伴已经对他们的全部资产提出了要求,使得她的钱全用光了。她把他们剩下的一切都卖了,包括她的锅碗瓢盆、她的床单、迈耶的结婚礼服。在两三个星期内,她必须摆脱束缚,挣些钱去贿赂、做交易,让人把她的包裹捎给迈耶。

就像一个孩子热爱老家房子的每个角落,你也会挚爱生活过的城市的每个细节——拱门、庭院、林荫道、咖啡馆和音乐会、闪耀的桥梁和俯瞰伟大的银色多瑙河的城堡,在所有这些让你留恋的细节中,无论是巴黎还是伦敦,都将对你没有任何吸引力,就连迈耶暗示的上海也没有……但现在,这座你曾挚爱的城市怎么会变成一个猎场了呢?它有了恐怖的阴影,它的庭院成了陷阱;

人们的面孔变得冷漠,对你失去了兴趣,就像你是一个校园里受到敌对的孩子。找路穿过这些熟悉的街道已经变成了一种凭运气取胜的游戏,甚至你自己的脚步听起来都令人心惊胆寒。太阳那样苍白、痛苦,被它照耀的一切玷污了。

每天都有东西从你身边被拿走,而现在轮到了你的孩子。

只是几个星期,她对自己说。

所有的演奏者都迷信,她也一样。她不由自主地相信,朱莉娅的存在具有保护作用,她是幸运的,这是个好兆头,是对弗兰克的恩赐,就像以前对她那样。朱莉娅绝不会允许一枚炸弹落在他们身上……艾达不敢去想这想法有多么不理性,迈耶会怎样转动他的眼睛、摇他的头,说不准他现在也会这样。迈耶还活着,靠的是什么呢?微小的机遇和运气?

弗兰克真的能记得这趟行程吗?那寒冷、那桥、那黑暗的城?这会不会是由艾达的回忆构成的?她的故事伴着他长大,与他的故事交织在一起,成了他的一部分,就像她准备的食物成了他肚子里的一部分一样。

但是,朱莉娅公寓里的情况却出自他自己的记忆。那长长的、高高的房间就像一间阁楼,寄居在他大脑的前部。惨淡的光隐隐有些神秘,随着经过窗户的两具年老的躯体的缓慢运动而改变。更多的时候,那两具躯体是合在一起的。

在他到来的第一个早上,他早早就醒了。他离开木箱,踮着脚穿过了房间,经过了桌子,经过了钢琴。朱莉娅和赫德维嘉非常安静地平躺在她们摆在卧室里的箱床上。蒂伯的耳朵抽动起来，它抬起头，对着他怒目圆睁。

这是他自己的开端。直到那时，他还没有真正感到过悲伤或害怕。他的母亲已经为他悲伤、害怕过了。只要她在那里，他就不必害怕。他是她的一部分，她曾照料了他的方方面面，就像一只母猫。现在，每到早上，当赫德维嘉忙着服侍朱莉娅时，他就自己往便壶里撒尿，穿上他的裤子，系上他的羊毛背心扣子，然后慢慢地、认真地用一把湿梳子梳他的头发，就像他的母亲教他的那样。

有那么一会儿，他感到他周围的空气里有一种寂静，一种空虚如影相随。如果他跌倒了，谁会把他扶起来呢？他有一种爬行的冲动，为的是感觉更安全，但朱莉娅让他站起来，用脚走路。朱莉娅让他做什么，他就做什么，就像他母亲嘱咐他的那样。

他在黑暗的街道上疾行后到了这里，密集的公寓楼、拥挤的房间和地窖显得那么安静和舒适。云飘过了，一只鸟儿在滑翔，一列火车带着轰鸣声经过，一个包括了屋顶、尖塔、烟囱顶管的区域在他下面伸展，宛如冬日阳光里的一片森林。朱莉娅裹着一块小毯子，坐在她的椅子上休憩或读诗。她以极佳的耐心教他玩跳棋，每天都和他下一盘。

赫德维嘉负责照顾他们。她从堤岸上采来荨麻，做成汤，还在一个隐秘的地方种了土豆，在黑暗的掩护下把它们刨出来。她把土豆皮剥下来，在阳台上晒干，等没别的东西可吃的时候吃。

她一大早就出去，在雾中买东西。她能为弗兰克搞到一点儿牛奶，因为朱莉娅认为他应该喝牛奶。有一次，她还从她的村子里搞来了半袋麦子。他帮她在一块平石上用另一块石头磨麦子。她早上做麦片粥，给他喝牛奶并且加一小撮糖。她是临时凑合方面的天才，她做的食物给人一种幸福感。这里没有饥饿。

午餐过后，赫德维嘉就会帮朱莉娅上洗手间。这是个艰难的工作，好在赫德维嘉很强壮，她的肩膀很宽。她蓬乱的头发短短的，盖不住她的前额，就像一个孩子的头发。当她吃饭或说话时，会露出她白色的、歪斜的牙齿，这一切使弗兰克感到愉悦。当她的小眼睛冲着他眨时，他备受激励。

如果有一天，就像很多别的人那样，赫德维嘉出去跑腿儿，却没有回来，会怎样呢？他和朱莉娅就没什么可吃了。但是，赫德维嘉总是会回来。

还有强壮的蒂伯，现在白天很少能看见它了，因为它不得不出去捕食。有一次，他们发现一只硕大的老鼠被放在小地毯上展示，蒂伯似乎是要帮助他们克服困难。他们都笑了，这是一个难得的时刻。他喜欢逗蒂伯，让它追逐那个长长的薄沙袋，那个沙袋是用来挡从门下面吹进来的风的。两个老妇人只会容忍这种行为一小会儿。他知道，当朱莉娅清她的喉咙时，他必须停下来。

在窗户下的一个角落的地板上，他和自己玩起了游戏。游戏和一块木头有关，他把它当作他的马车，随后他操纵的、在飞蛾和蜘蛛之间进行的战斗打响了。有时他会听到飞机的嗡嗡声，当他跑向窗户的时候，轰炸已经开始了，就在山丘下面，河的附近。巨大的爆炸声传来，树木和建筑像玩具一样被抛到了空中。赫德维嘉把他拽过去，用一块毯子盖住了朱莉娅和他，以防玻璃破裂。等轰炸结束，他回到窗户边，重新开始他对艾达的等待。

他再也不能看到她的脸了。对他来说，她一直走在他前面的不远处，在跨越一座桥。

时光流逝，生活在玻璃后面继续。有时候，天空会闪现一束光，像一只飞蛾微微闪烁的翅膀，越过了那堵墙，熄灭了。他翻着朱莉娅童年看过的书，翻着画着精灵、森林和城堡的模糊绘画。他听见了进进出出德利车站火车发出的声音。

然后，星期四到了。

朱莉娅解释说，一个名叫阿巴德先生的男人每周四下午要上一个小时的钢琴课，她和赫德维嘉靠着他交的学费生活。在此期间，弗兰克——她们的秘密——将不得不被藏起来。在上课期间，老阿巴德先生似乎总是需要使用洗手间。弗兰克唯一能藏的地方是天花板上的屋顶。他必须非常安静地待在那里。

"我为什么不能见阿巴德先生？"

"因为他不是你的朋友。"朱莉娅说。

那天下午，赫德维嘉和弗兰克站在结实的餐桌上，用扫帚捅开了天花板上的一扇活动天窗。

"你上去。"她说。她托着他的膝部，直接把他举进了那个方形的黑洞。

"没有小老鼠,没有大老鼠,没有蜘蛛,"朱莉娅喊道,"蒂伯已经给你清理过了。"

上面一团漆黑。他上去后,一块小地毯也被推了进来,然后是一个枕头。他呆若木鸡,忘了表示抗议。

"躺下。"赫德维嘉喊道,"别动,要不天花板会碎。不要出声……一旦老阿巴德离开,我就来接你,就一个小时。"

"睡吧。"她一边说,一边关上了活动天窗。

过了一会儿,他看到有光从高高的瓦片的缝隙里漏过来。屋顶靠近活动天窗,他能够低着头坐起来,但不能站起身。那里很冷,他试图用毯子裹住自己。灰尘进入了他的鼻子和嘴巴。他听到阿巴德先生敲门,听到门被打开又关上,听到一个男人低沉的声音,以及钢琴发出的声音,停止又开始,同一支曲子一遍一遍地弹。他在黑暗中躺了下来。

就像那些年代里所有的孩子那样,他已经学会让做什么就做什么。安静地待着也许事关生死,但是他必须不断地努力,才能一个人一动不动地躺在那个空间里。

他知道,那两个女人不喜爱他。如果她们把他丢在那里不管,会怎样呢?屋顶似乎在不断地下降,呼吸越来越困难了,心脏怦怦直跳,他撒了一点儿尿,他能听见他自己的呼吸越来越重,但他没有制造出一点儿声响。

也许他昏迷了一会儿。等他苏醒过来,他听到一列火车呼啸着离开了德利车站,"咔嗒咔嗒"地开走了,那是一辆供应列车。

在堤岸底部，他每天都能看到它们驶过。先是一声长长的呼啸，随后缓慢地消失，最后它的汽笛会发出一声咆哮。它听上去很孤单，就像一只在黑暗中迷失的动物。随后驶入的是一列快车，有着尖利的汽笛声和轻快的节奏，忙忙碌碌、蹦蹦跳跳，就像一个女孩儿。

他知道，火车的声响让艾达战栗。它们带走了迈耶——他的父亲，还有她知道的很多人。但是，对他来说，这些声响给人安慰，让人觉得亲切。他开始留心听下一列火车、下下一列火车……听它们急促的呼啸，听它们交织在一起的呼啸，就像那些在黑暗的、不幸的城市上空回响的声音。

一个小时就这样过去了。

但是，当赫德维嘉打开活动天窗把他托下来时，他已经发生了变化。在很多日子里，他没有用他的声音说话，他在他的脑子里说话。

第二个星期四，当朱莉娅告诉他阿巴德先生快来了，他蜷缩在一个角落，不说话，不吃饭。当赫德维嘉过来把他拉起并把他托进天花板时，他让自己跌了回来，绷紧了腿，脚后跟敲打着地板。

赫德维嘉把踢腾着的他带进了洗手间，给了他一块旧奶糖让他舔。她在门口接待了阿巴德先生。她对他说，朱莉娅患了流感，再也上不了课了。

1944年12月29日，红军包围了布达佩斯，3.3万名德军被困在了城里。等到幸存的士兵于次年2月13日投降时，布达佩斯已经成了废墟。结冰的多瑙河上的七座美丽的桥全都被摧毁了。它们原本连接了布达和佩斯。

当冰面开始裂开时,艾达打扮得像一个老女人,脸上蒙着围巾。她的两个肩胛间塞了东西,使她看上去有些驼背。她躲着俄罗斯人,因为即使是一个老女人,在他们附近也不安全。她和其他不顾一切想抵达布达的人一起,从一块冰跳到另一块冰,就这样跨过了多瑙河。

朱莉娅的公寓楼虽然没了屋顶,但框架仍矗立着。艾达不仅挺过了德国人对佩斯的无情炮击和所有居民遭受的饥渴,还挺过了箭十字党无休无止的、每天都进行的对犹太人的搜捕。她不抱希望地让自己在废墟后面走着,她看到一些孩子在碎砖烂瓦中玩耍。突然,弗兰克向她跑来。艾达腿一软,倒在了地上。

弗兰克把母亲带到了后面的地窖。幸存者在那里生活着。赫德维嘉曾把朱莉娅带出公寓,带下了五段楼梯,弗兰克跟在后面。当时没什么需要保密了。蒂伯从他们身边冲了过去,发出一个确定安全的信号,表明离开的时间到了。人们偶尔会看到它在瓦砾堆里钻来钻去,因为吃老鼠它还变胖、变壮了。

在瓦砾堆中,他们一直竭力维持一种吉卜赛式的存在,等着俄罗斯人。没有食物,没有电,没有水,但由于赫德维嘉的技能,对城里水井的了解,对木头、橡果、草籽的仔细搜索,他们挺了过来。

有时候,他的父母在和匈牙利朋友饮酒时,会忘记那些痛苦的遭遇。谈起那个他们曾经了解的国家,如在森林里打猎,在巴拉顿湖上航行,以及各式各样的咖啡馆和音乐会。这些都是他们曾经热爱的,但都在这次流亡中失去了。然后,他们陷入了沉默。毕竟,在那个国家,他们是客人。在这个国家,他们也是客人。

有时候,他、艾达、迈耶说,他们是幸运的一家子,因为他们三个都挺了过来,还来到了一个自由的国度生活。艾达总是拍打三次她的双肩,以便提醒诸神,戈尔德一家再也不会被愚弄到相信他们自己的好运。在战争中,除了迈耶的五个兄弟姐妹中的两个,他和艾达失去了他们的全部家人。

弗兰克注视着艾达小小的唾沫珠在他们家门廊炽热的混凝土上蒸发掉了。

但是,他依然能够感觉到,在天花板上度过的时光仍然潜藏在他身体的深处,阁楼、活动天窗和电影院瞬间就能把它激活。他闭上眼睛,大脑一片空白,好像昏过去了一会儿。他曾在国王剧院失态而不得不离开。他避开隧道、地铁、小房子,拒绝玩捉迷藏,甚至不愿意把手伸到床或桌子下面。

他觉得它是弱点,是裂开的部分,是让脊髓灰质炎进来的缝隙。

他醒来时已是下午,他闻到了香烟的味道。迈耶坐在他的旁边。"有个地方,"迈耶说,"你将不再是最大的,而是最小的。再说了,你也该赶课了。"随后护士长打了电话,一辆救护车将把他带到"黄金时代"。

护士长曾经说,他早熟,但在情感上还不成熟。她的看法让人不以为然,弗兰克被留下了,内心产生了一种被驱逐的感觉。

8. 弗兰克第一次见到艾尔莎的情景

那是在星期天的傍晚，探视时间之后。艾达和迈耶已经回家，暮色朦胧。整整一个下午，从两点到四点，到处都是团圆的一家人。他们分别聚在一辆轮椅周围，在走廊里来来回回，或者到外面的诺姆白屋花园的草坪上玩耍。奈拉已经在餐桌上摆了茶水和饼干。自打弗兰克来到这里，这是他第一次见到他的父母。

在走廊里，艾达曾向一个小男孩的家人示好。那个小男孩名叫法比奥，来自婴儿病房。法比奥黑色的大眼睛让人动容，他就像一个被囚禁的小生物，蜷缩在父亲的怀里。尽管在艾达的眼里，法比奥的父母无疑像隔壁的扎内蒂夫妇，是"无知的托斯卡纳父母"，但好在他们还是互相欣赏。这两对夫妇都充满朝气、衣着讲究，妻子都穿高跟鞋、戴耳环，丈夫都穿着浅米色裤子、熨烫过的衬衫。他们毕竟都是欧洲人嘛！

法比奥的母亲脸上挂着微笑，摇着一个打开的盒子，递给戈尔德夫妇。盒子里放着水果形状的果冻。他们谈起了朵尔奇和加拉提，说在珀斯发现的复制品质量低劣、滑稽可笑。"我特爱吃甘草。"艾达一边用意大利语的发音说，一边挥着胳膊，"可等我在这儿买它——啊！"她夸张地扭歪了脸。法比奥的母亲连连点头称是，开心地笑了，露出一排年轻人才有的洁白牙齿。

艾达这是怎么了？她有点儿歇斯底里。她说了一番话，然后深深吸了一口气，眼神迷离，那显示了她的绝望。她厌恶这里，因为弗兰克说他也厌恶这里。她厌恶看见儿子坐在轮椅里，厌恶这里的热，厌恶这里明亮的白光。

等只剩下戈尔德一家了，弗兰克开始说话了。"这是一个婴儿医院。"他说，"这里就像个幼儿园。"没有隐私权，没地方可去，没事儿可做。他们带他去了职业疗法室，给他看了儿童拼图、鼓和哨子，这一切都是骗人锻炼肌肉的。"谢谢你们，"他对他们说，"我能自娱自乐。"那里没什么严肃读物，除了一套破旧不堪的《儿童百科全书》，那是亚瑟·密编的，出版于1923年！

艾达说，办公室的艺术品特别庸俗，净是一些笑翠鸟、袋鼠爪，还有裸体的黑人小孩儿。

迈耶依旧无动于衷。"不要急，弗兰克。你需要那种治疗。护士们都是些不错的女孩子。"

"再没别的地方了。"艾达说。她的嘴紧闭着，否则真不知道她会说出什么来。她的手慌忙伸进她的袋子，伸出手时却什么也没拿。等他们刚一离开，她就点上了一支烟。

在探视者离开后，疲倦降临到了"黄金时代"。太阳正在落下。一道低低的、淡淡的光沿着走廊幽暗的墙爬行。孩子们面无表情地躺在床上，他们被流离失所的感觉包围着。他们属于哪里？属于谁？他们漫不经心地翻阅着给他们的连环画，在他们的糖果袋里窸窸窣窣地摸索。那些没有被探视的孩子知道，他们需要等，等到医院发慈悲为止。他们呆呆地躺在那里，被遗忘了，也没人疼爱。

在婴儿病房里，一个小女孩儿不停地哭，声音凄厉。到了晚上，一些小孩子萎缩的小腿会被固定在两脚规里，或被绑在一个支架里。这多少显得有些凄惨。弗兰克仍不习惯看到这样的孩子。他知道，他们之所以哭，是因为他们孤苦伶仃。

但是，探视者让你想到你已经和他们有多疏远。等他们离开时，你几乎感到一种解脱。

在他病房的所有男孩子中，他最不喜欢的是他邻床的那个男孩——沃伦·巴雷特，他12岁了，但显得比弗兰克要大，一件看上去像男人穿的紫褐色方格睡衣裹着他方形的身躯。他对弗兰克说的第一句话是："你多大了？"然后，他发出嘘声，表示不相信。"说不定你在那里没吃到足够的食物。"

在另一次示好中，他告诉弗兰克，他的衣柜里放着一个吉斯·米勒签名的板球。弗兰克问："谁是吉斯·米勒？"沃伦再次发出嘘声。"吉斯·米勒！右手击球手和腋下投球手！真正的全能选手！"自此之后，不到一天，沃伦就不再嘟囔"吉斯·米勒"了，而是冷淡地摇头。经考察得知，弗兰克并不是澳大利亚人。出于某种原因，这让沃伦感到高兴。

这时，沃伦忙着舔QQ棒，嘴边粘了一圈儿黑，黑色的东西滴落在他芥末黄的格子睡衣上。弗兰克翻来覆去地想，他、迈耶、艾达被迫生活在和陌生人咫尺之遥的地方，好似地洞里的动物。他知道他们穿什么内衣，知道他们身体的味道和习惯，知道他们稍微有点儿卑劣，知道他们总是讲同样的老笑话，知道他们生闷气和大发脾气……他突然开始思念他的父母了，思念他们干净、聪明的做事方式，思念他们三个一起面对世界的情形。他感到孤独，觉得被困在了这里。

在传染病分院，有很多地方可以躲藏，走道上头、树丛里……但是，他再也不敢去想传染病分院了。他现在看见，有一种黑暗潜藏在走廊周围的灌木丛里。树木沙沙作响，好像在发出警告。死神就在那里，它选择了沙利文。只要他想到沙利文，他的心脏仍会怦怦直跳。

在《我在世上的最后一天》上，他没能取得任何进展。诗歌抛弃了他。这里没有诗歌。

他起身去了通向厨房的走廊。他觉得他已经拜访过奈拉，但还是想再去看看那里有什么可以当午后茶点。无论你身处何处，和厨师交朋友总是有回报的。当他经过女孩儿们的病房时，他往开着的门里瞄了一眼。在房间的另一头，一个他以前没有见过的女孩儿坐在一辆轮椅上,在一扇窗户边停着。她在睡觉,头歪向最后几道阳光。她侧着脸,光线勾勒出了她的面部轮廓。后来他想,房间里肯定还有别的女孩躺在她们的床上,只是他没有注意到她们。对他来说,她似乎孤身一人。

她腿长,个子高,是这里最高的病人。她高得就像个小女人,但就他能看到的情形而言,她的身体却像一个小男孩儿。她穿着一件蓝白条相间的连衣裙。连衣裙的领子是白色的,很宽。她的胳膊又细又直,领子下面的胸几乎是平的。在她的左小腿上方,裙摆的下面,他瞥见一个两脚规。她的右脚被裹在一块管型石膏里。她那浅金黄色的头发被辫成了一条辫子,直直地拖在后面。小缕小缕的金色头发覆盖着她的额头,映着低低的阳光光束,显得她的皮肤非常苍白。

她看上去就像用一支细铅笔画的一幅画。他注意到,她鼻子笔挺,嘴唇柔和、庄重,下巴轮廓曲线清晰,从耳垂下面到喉咙凹陷处的脖子很长,她的眼睛和颧骨之间有阴影,她简直就像个贵族!她的手放在膝上,似乎疲惫不堪。

"艾尔莎。"他在门口对自己说。在他到这儿的几天里,他听人提到过这个名字。人们提到这个名字时,语调总是显得特别平静。"艾尔—莎",就像说"花—朵"或"秋—水"。他知道,这不可能指别的什么人了。让他感到意外的是,他的眼里流出了眼泪。

夜幕已经降临。每个星期的这个晚上,外面灰色的半透明状态都不会被防护网厂的灯光驱散。星期天几乎要过去了,突然,"第三个国家"这个题目进入他的大脑,一切都变了。他的大脑里充满了一种想象,一道遥远的海岸线,一道长长的、闪亮的地平线。他去摸索他的处方笺,但他忘记把它装进口袋了。他能够听到一个人从护士宿舍下楼来。他在走廊里掉转轮椅,返回了男孩儿的病房。

此时已是晚上,光变成了铅灰色。当他们吃星期天的下午茶点时,走廊顶上开始响起"啪嗒啪嗒"的声音。他们每个人的盘子里都有茄汁焗豆、果子酱和一杯可维他。刚下过雨的空气潮湿而清新。

"第三个国家。"他回去了,像一个冒险故事系列中的主人公寻找财宝、追求爱一样迫切。他在处方笺上写下了那个题目,开始吃晚餐。最后的光正从窗户里渐渐消失。

有那么一会儿,"黄金时代"里的一切都那么神秘,充满魔力。阴影变深了,最后几道长长的光束划过了磨光的地板。

一个护士走进来,拉下了窗帘。她又高又瘦,来自新西兰,名叫尼瑞(她总是给新病人拼出她的名字,N-g-a-i-r-e)。

那天晚上,他第一次梦到了沙利文。沙利文背身站在齐腰深的水里,那是一个湖或一条河。天空阴暗,水面平滑,静止不动。他的胳膊在身体两侧伸开,手拍打着水面。他赤裸的身体(弗兰克从未看见过)有着赛艇选手那样结实的肩膀和肌肉,他后脑勺上的头发再也不会因为躺着而磨损了。

9. 黑暗的夜晚

艾尔莎醒了。此前,她一直在做梦。她梦见她的父亲骑着自行车,她坐在后座上,他因劳累而流汗的后背给她挡住了风。他们正骑上北街山,前往海滩。随着两条腿的蹬踏,自行车左右摇摆。他气喘吁吁,还骂骂咧咧。对他来说,这次骑行可不容易。但是,她知道,他从来没有让她下去。就在他们抵达山顶,还没有沿着海岸下到那闪亮的地平线时,她醒了。

她每晚至少醒一次,都是在万籁俱寂的时候。也就是在这种时候,她才觉得在这里是孤独的。但她并不觉得痛苦。她的大脑干燥而清澈,就像一阵海风刚从旁边吹过一样,她觉得她洞悉了世间百态。

到了夜里,女孩儿病房是所有房间里最明亮的。顺街半个街区处的防护网厂发出的光充满了四个大窗户,让白色的窗帘失去了作用。它的工作噪声在寂静的夜晚里回荡,有冲压声、汽笛声,还有快速的击打声,就像一个巨大的缝纫机的踏板发出的声音。它把世界带到了女孩儿病房的门口,她们都没有为此而抱怨过。

她们都像她一样,是在战争或大萧条时期出生的,因此养成了不浪费电的习惯。"谁没关灯?那是要花钱的!"但是,防护网厂整夜亮灯,好似剧院、舞厅或皇家嘉年华。有多少灯泡在亮?太浪费了。如果你在窗帘后面看,那么你可以看到,灯光直射天际,几乎要够到星星了。它刺穿了黑暗,似乎在承诺某种东西。承诺什么呢?未来。这儿的人将永远不会死,或者只是生命终将不再如此危险,未来一片光明。

她一来到"黄金时代",就开始整夜整夜地去感受。

有条狗叫了,窗帘微动。每个人都被绑着,一动不动地躺在那里熟睡着。即使是在夜里,拉直他们弯曲的肢体的工作仍在进行着。她们的呼吸轻而小心,那些恐怖的夜晚仍未远去。那些在隔离病房的夜晚无休无止,疼痛钻进了她们身体的最深处。所有女孩儿都在她周围的床上睡着了。有安·李,有苏珊·贝内特,甚至还有小女孩朱莉娅·斯诺和露西·鲍耶。她们讲了她们发作时的情况,但没人提过隔离病房。隔离结束之后,就像经历了一场噩梦,你记不起太多关于它的情况。但是,你变了。

只有一个时刻。有时候,艾尔莎会回到那个时刻。那是一种晃动,是一场关于决定的拔河。在她身体的深处,她仍能感受到它。仿佛她体内还有一个人,而这个人突然接管了大权,就像一个将执掌一切的队长。队长仍在那里,艾尔莎再也不怕了。

有时候,她感受到了"黄金时代"所有孩子的孤独,想知道每个孩子是怎么挺过来的。如果你不紧紧抓住某种东西,如一只手、一种想法,你就会沉下去。

"上帝啊,告诉我做什么。"她曾在最困难的时候祈祷,但没有得到回答。这种疼痛肯定有某种原因,有某种她想要的东西。"耶稣啊!"她曾经呼唤,但无人应答。有一次,她从黑暗中醒来,看到一个小人儿,那是一个地精或侏儒,站在她处在阴影里的床尾,一只小脚搭在另一只腿的膝盖上。他声音尖厉,就像一只乌鸦。他嘲笑她,尖叫着:"放弃吧!放弃!"他是谁?她哭着要水。

就在她喝水的时候,她听到邻床的爱尔兰女孩儿正在接受临终仪式。

她的母亲玛格丽特站在观察窗口后面,浑身颤抖,眼泪哗哗地流下来。也许我就要死了,艾尔莎想。她知道,如果她死了,她的母亲也会死。

但是,队长告诉她,不要担心。情感挽救了你,那个声音说。她必须把注意力集中在这一个东西上,坚持下去。她必须斩断别的一切。

一天,医院对面学校操场上孩子的微弱喊叫声吵醒了她。那肯定是个周末,因为没有熙来攘往的车辆声传来。风中传来的叫喊声让她想起了她的童年,想起了那个由青草、树木、沙子和石头构成的、一去不复返的世界。她感到柔和、安宁,疼痛感消失了。

隔离病房里万籁俱寂，一切都显得异样、深远、朦朦胧胧，仿佛有位天使刚刚来过。她的目光转向窗户外的天空。然后，她意识到，她没有转动她的头。

等他们把她抬起来，去给她冲洗时，她看到那个爱尔兰女孩儿的床空了。

毫无疑问！她想，他是魔鬼，那个曾经来诅咒她的那个小人儿是魔鬼。他无法夺去她的生命，但他夺走了她赖以移动的身体。她知道，如果她想，她就能在她的头脑里打开那种嘲弄的声音。一旦你听到了它，它就永远不会离开。

另外一种声音呢？队长的声音呢？她体内的声音呢？

那是圣灵的声音吗？

她听见送牛奶的人"嗒嗒"的马蹄声，听见板条箱被搁在"黄金时代"门口时瓶子的叮当声。我为什么还活着？艾尔莎想。她的父母说，他们在教堂为她祈祷过了。可是，也有人为那个爱尔兰女孩儿祈祷过了啊。她再也不问自己为什么她患上了脊髓灰质炎，现在太迟了，它已经成了她的一部分。

脊髓灰质炎已经夺走了她的双腿，让她脸色苍白、面颊消瘦。此外，她的身体也多少瘦了一些。

"'你们是幸运儿！'"新来的男孩弗兰克·戈尔德喜欢用高而紧的假音模仿护士长奥丽芙·宾尼，他是这儿唯一一个不崇拜她的人。"我敢打赌，无论什么时候有新孩子进来，她说的话都一样。"他说，"'这是一所半路房子，介于医院和家之间。

我们不相信自怨自艾！'"

"你模仿得不像！"艾尔莎说。当她第一次被救护车从医院拉到这里时，护士长宾尼曾把她抱了进来，那感觉像是自己正被爱着。而之前在隔离病房里，所有的护士都戴着口罩和手套。

护士长宾尼有着厚而红润的皮肤，自然卷曲、蜜色、像金属丝一样闪亮的头发。她制服的前面圆鼓鼓的，像个鸽子的冠子，一块小金表被别在那里。她可爱得宛如一道光，让你振作起来。

与绝大多数男孩儿不同，弗兰克·戈尔德话很多。但是，或许是因为她和他是年龄最大的病人，他只和她说话。对其他孩子，他则比较势利、挑剔。"流氓。"他会说，或者"老好人儿"，或者"就知道哭的家伙"。有时候，他想，如果她父母听到他这么说，他们会说他缺乏基督徒的慈悲。她告诉他，她也这么想。

"可我不是基督徒啊！"他说。

他不是一个没有宗教信仰的人，而是一个犹太人。她从不认为犹太人不是基督徒，耶稣就是一个犹太人！

"那你知道他遭遇了什么。"弗兰克说，"我们犹太人不得不警惕啊！"

在隔离病房，他认为他要渴死了。他觉得他正在烈日炎炎下，仰面朝天躺在那艘希腊老船上。那艘船曾把他和他的父母带到澳大利亚。"尼洛，尼洛。"他喊起来。他说的是希腊语，意思是水，但护士不懂他的意思。

他是个有趣的男孩子，她想。他与别的任何人都不像。无论她去哪儿,她都能看到他长而苍白的椭圆形的脸,看到他深陷、警惕的眼睛,看到他乱蓬蓬、微红的卷发。她在哪儿,他总是不离左右。从一开始,他就表现得仿佛认识她一样。"艾尔莎!"他从走廊那头喊过来,就好像遇到了紧急状况。他聪明,他的聪明劲儿她以前闻所未闻。他能用口哨吹整段整段的古典音乐。"'巴赫组曲。'"他曾经不假思索地说,或者"《魔笛》序曲"。有时候,她在他的眼睛里看到一种神情,她认出那是某个躺在床上、孤单地思索了很多个夜晚的人的神情。

她听到大厅里有脚步声,还有男人的咆哮声。那是两个牛津街警局值夜班的警察在巡逻。他们往里面喊话,想看看是否一切正常。他们常常和值夜班的护士在厨房里喝一杯茶。今夜值夜班的是护士长宾尼,其他护士都年轻,大多数来自乡下,去退伍军人协会跳舞了。她们窸窣作响地走下楼来,进入病房,向孩子们道"晚安",炫耀她们直挺挺的薄纱衬裙、尖头高跟鞋、白色长条披肩、铁线蕨和玫瑰花蕾胸花。她们俯下身来亲吻孩子们,芳香四溢,心情激动。艾尔莎知道,她们觉得自己很漂亮。

这里就像一个戏台,场景一个接着一个,从病房到教室,再到治疗室,天天如此。人们进来,说了他们的台词,然后离开舞台。警察的声音此时正在渐渐消失。他们出去后,前门就关上了。艾尔莎睡着了。

10. 可爱的身体

护士长奥丽芙·宾尼躺在她办公室的长沙发上,房门半开。她已经巡视过了。她摘下帽子,从衣柜里拽出针织毯,把它搭在她的腿上。午夜早过了,所有女孩子都已经跳舞回来,楼上楼下的每个人都在睡觉。她现在应该闭上眼睛,休息一会儿。但是,她没有脱鞋。她干了二十年护理了,只要有人喊一声,她就会起来。

在这一刻,月光斜射过窗户,跨过她井然有序的办公桌,照在她那靠着长沙发的脸上。她的眼睛睁着,她被困在那清冷、神秘的光里。

在月光里,你变成了另一个自己,在一种神秘中孑然一身。有那么一会儿,那淡蓝色的阴影,那零落的房间,甚至那坚固的老酒馆儿的窗户,都让她感觉自己像是身处一家廉价旅馆的某个房间里。好吧,她知道几家这样的旅馆。

就在眼前，总是这样。两个中那个较高、较胖的新警官，瑞安警官，他的姓氏是个爱尔兰姓氏。有一次，一个爱尔兰护士评价他是"说话利索的魔鬼"。思慕悄悄开始了，思绪也开始纷乱起来。她忍不住想嘣嘣地敲打自己的脑袋。

有人敲了一下窗户。她马上醒了，并不觉得意外地站了起来。防护网厂的光照出了他的头部轮廓，不过他的脸却笼罩在黑暗中。她示意向左，朝着前门。等她开门时，他就在那里。他走了进来，轻轻关上门，跟着她进了办公室。办公室的门锁上了，发出极细微的"咔嗒"声。他们没说话，他们要速度快而不出声，这可以理解。即使那些胆儿不大的人，这次也大胆了。他很在行，就像她那样。她的头脑转个不停，想着可能需要的借口。比如说，她听到了一种声音，就给警局打了电话。即使在他搂住了她，把她放倒在长沙发上时，她还在想。他一直在喝酒，借酒壮胆。他知道他的优势，他三十多岁，比她年轻几岁，他的经验是从战争中得来的。他的帽子在她的办公桌上放着，他蓝眼睛，有着厚厚的黑色睫毛，脸上长着小雀斑。她想起了他的名字。"科林。"她一边说，一边搓他黑色的短发。

她了解她的经期，对她来说，现在是安全期。即使不在安全期，她也会驾轻就熟地巧妙避孕。他有妻子，还有四个小孩儿，不存在让她得性病的风险，她不会贸然让自己的身体面临危险。身体有它自己的法则，就像自然。你破坏了那些法则，就会把自己置于危险之中。她的敬业现在将帮助她的身体发挥它的全部功能，它需要被爱着。

啊，上帝，真美妙啊！

它的功能被发挥了。

现在到了她必须复原、把她自己拼接起来的时候了。他必须离开这里，千万不能做出黏黏糊糊、含混不清的再次约会的承诺。他们需要理解他们的感受，有时候一次就够了，他们要一刀两断。她曾不得不习惯这种自由，而现在，她爱上了这种自由，爱上了这种类似"男人的自由"的自由。

她把她柔软的乳房放回了它们的罩杯，扣上了她制服的扣子，迅速把一块小毛巾塞进她的内裤，她还别上了她的帽子。这的确有点儿滑稽。

他从门口的台阶上给了她一个飞吻，真是个情场老手啊。

有些人不是大好人，有些人的确是大好人。

可笑的是，他们从来没有误会过她。不用判断她，不用想他们必须摆脱她的纠缠，甚至不用想他们应该再看看她。不存在蔑视的问题，也不存在议论她的问题（很多人是已婚男）。就像他们那样，她也没出过丑闻。对她来说，排在第一位的总是她的工作和她的女儿伊丽莎白·安。

他们知道，她会见他们，遵循的是和他们的条件相同的条件。根据选择，根据本能，根据对别的某种不同于享乐的东西的期望，她不知道那是什么，是满足吗？

她在厨房里给自己泡了一杯茶。啊，茶！包治百病的灵丹妙药……甚至对这最微弱的失落感也是如此。她从壶里给一个孩子的杯子里倒了一点儿，为他温了一点儿牛奶，搅拌进去一勺蜂蜜，以防万一嘛。她轻轻地从一个病房走到另一个病房。没错，刘易斯醒着。她把他扶起来，把杯子举到他的嘴边。然后，她陪着他，坐在他的床边，手背贴着他的脸颊。

这就是她的工作，她想。

她并不一直是这个样子的。在嫁给阿兰·宾尼时，她（几乎）还是个处女。但是，只有当你没了丈夫，仅和一个孩子被留在人世间时，你才发现你原来是这个样子的。你缺乏保护，有一阵子你疯狂旋转，像个风向标那样任由风吹。你开始发现自己其他的方面，发现自己不太循规蹈矩，发现你不知道你有的一些资源。

阿兰 1939 年参的军，并且几乎马上就在埃及被一颗狙击枪子弹杀死了。伊丽莎白当时四岁，她们搬去和阿兰的母亲同住，睡在阿兰的房间。阿兰的母亲叫利脱·伊妮德，住在劳利山。奥丽芙重返护理岗位，在退伍军人医院工作。战后，她们把伊妮德房屋的后阳台改造成了一个卧室兼起居室。伊丽莎白·安和她肯定会非常愿意拥有她们自己的地方，但房子短缺，就像男人那样，总是不够分配。

刚开始的时候，她是出于善良。她的一些病人，一些有着永久性损伤的伤残士兵，发现重回平民生活对他们来说不容易。他们失去了对一切事物的信任，不信任上帝、不信任妻子、不信任政府，有时候甚至不信任他们的伙伴。她对一些男人心灵中的孤独感到吃惊，那种孤独浩瀚无涯，像海洋，也像沙漠。在她认识的女人中，没有谁曾如此孤独。

在战争后半段的那几年里，她认识了一位名叫莫文的美国水兵。他风度翩翩，充满热情，个人卫生令人满意，散发出清新、干净的气味。虽然他们说相同的语言，但对她来说，他有些异域情调，像个法国人。她被迫把他希望她送给伊丽莎白·安的礼物藏起来，以免被伊妮德看见。例如，一部只可能来自一个美国军人的小双筒望远镜，带着循环的唐老鸭和大峡谷的风景。她开始给伊丽莎白·安讲美国的情况，说那里是个非常令人激动的地方，值得去看看。就在那时，信件不再来了。太平洋中发生了一场恶战，她难以知晓在那场战争中他是否活了下来。

她和别人的丈夫走得最近的一次是和哈罗德。他们一般在星期三下午见面，他们之间并不是性爱，但是充满着爱意。哈罗德快七十岁了，心脏有问题，妻子就知道花他的钱。哈罗德非常有欣赏力，怀着对她、对她的勤奋、对她的好身材以及他认为的她拥有的勇气的欣赏。他摇了摇他白发稀疏的头，他喜欢她作为护士的手。哈罗德也非常慷慨，有时候会用现金帮她。她要买他的一个朋友正在卖的二手小莫里斯车，他付了首付。那辆车改变了她的生活。但是，就在那时，他的心脏熄火了，她甚至不能去出席他的葬礼。

伊妮德尽管个头儿不高，劲头儿倒不小。她让奥丽芙明白，虽然她不说，但她有自己的看法。她的嘴噘着，嘴角给人些许自鸣得意的感觉。这种习惯惹恼了奥丽芙。

但是,伊妮德进行了报复。她很快就因子宫癌去世了,享年不到53岁。她临终时,奥丽芙坐在她的身边。她闭着眼告诉奥丽芙,她把房子永久地留给了她的弟弟莱斯。等他死了,房子才归伊丽莎白·安所有,她认为这是最好的办法。

"伊丽莎白·安和我将头无片瓦。"奥丽芙对伊妮德说。但是,伊妮德假装没听见。她的眼睛闭着,但她的嘴刚好微微抽动了一下,听觉是人最后消失的感觉。

伊丽莎白·安获得了一份奖学金,上了幼师师范学院。她搬到她最好的朋友家住了,后者也是受训的幼儿教师。奥丽芙说:"你父亲将因你而深感自豪。"

事实上,她根本不知道阿兰会怎样看待他长大的女儿。她让人把她的小订婚钻戒打成了耳钉,送给了伊丽莎白·安,大小正合适。伊丽莎白·安像伊妮德那样个子不高,有着一双严肃的棕色眼睛,棕色的直发剪了个刘海儿。她是个安静的女孩儿,做事有条不紊,腼腆,只要她一高兴,左脸颊就会出现一个酒窝。她们分开后,各自回了各自的住处。奥丽芙对此有一种滑稽的感觉。

只要她星期天不值班,她就和伊丽莎白·安聚在一起吃午餐,要么在国王公园的小吃部,要么在皇宫酒店,要么在滨海公园的茶室。除了伊丽莎白·安必须完成作业的时候,她们之后会去赶午后电影。星期三晚上她们会通电话,伊丽莎白·安星期天和她朋友一家去教堂,星期二晚上在教堂唱诗班唱歌。

现在奥丽芙只拥有楼上的一个单间。这个房间比周围的房间略大。那些房间里住着二十多岁的年轻女人。她有一个壁炉，但从没用过，她还有一张又高又窄的床。她和其他人共用一个洗手间。她每天都在洗手盆里洗她的小件衣物，然后把它们挂在一个小架子上晾干。那个架子是她买的，安放在她的窗户下面。这样做是为了保护某种隐私，使她的秘密不为人所知。这份工作她是在伊妮德去世后获得的，可谓天赐好运，这里既提供食宿，也让她可以攒钱，最后买一座房子。

滑稽的是，她最初做护理是为了在结婚成家前有事可做，要么做护理，要么做办公室工作。然而，正是护理维持了她的生活。她甚至再也不觉得自己是伊丽莎白·安的母亲了，反而更像是一个姐姐或友好的姨妈。她现在觉得，她会成为一个做护理做到死的人。

这些天来，她觉得自己像个流浪者，随身带着她拥有的一切，她的腿壮、胃好、手稳、机敏，她的独具慧眼、技艺精湛。

她越来越注意她的手为她做了多少工作，她怎样不假思索就知道别人需要什么：一个信息、一杯热饮、夹板摩擦处的一些药棉……闲聊几句。她已经到了这个地步，往往刚走进一个房间，她就能看出哪里不对头，仿佛有一个声音在说："做这个，查那个。"

有时候，她似乎觉得，这种本能是从她身上最深的部分被抽出来的，就像一阵烟雾从一座烟囱上升起来一样。她不知道这是怎样来的，她就是个笨女人，做的是卑微的工作，不得不以此谋生。

但是，在她的生活中，她工作的这个新侧面已经成了真正的奇迹和让她满足的源头了。

她路过厨房门口，看到那两个警察的杯子在桌子上放着，她把它们拿到洗涤槽洗了。

11. 风铃鸟

星期天充满了期望和失落。星期天过后,星期一是一种解脱。孩子们又成了孤儿,醒来后又回到了有着他们熟悉的秩序的世界。等他们转着轮椅沿着走廊去洗手间时,他们路过了教室的门。教室的门开着,西蒙斯夫人已经开始在移动黑板上书写了。她看见他们经过时,就用悦耳的、音乐般的声音喊出他们每个人的名字,向他们致意。9 点 30 分,救护车接来了白天住院的病人。这些病人在家生活,但身体还不够强壮,无法去外面那种普通学校。在这里,所有能坐在课桌旁的学生都要去教室,教室挨着厨房,其他学生去女孩儿病房,那里有特制的床上课桌架在他们腿上。

西蒙斯夫人喜欢以唱歌开始一天的课程。她在教室给一首歌起个头儿,然后留下她的助手罗娜·菲利普斯指挥。她则跨过走廊,一直等到他们跟上拍子,然后在病房里重新开始。

"阿什格罗夫多么美好。"两个病房的人唱道,一个接一个,协调一致,"这种话语多么明白易懂。"西蒙斯夫人声音洪亮,热情地带领着他们羞怯的声音。

弗兰克实在搞不明白,像西蒙斯夫人这样一个性格坚强、聪明的女人,为什么会选这样一首傻里傻气的歌。但是,假如他不曾是艾达的儿子,每天早上都被钢琴激昂的音节惊醒;假如他没有辨别出西蒙斯夫人的绝对音高,以及她保持他们细弱的震颤合调的能力,他也许就不会这样想。"我热爱一个被晒黑的国家。"孩子们接着唱。他们还小,面色苍白,腿瘸了,用鸟一样的小嘴儿"鸣叫"着。然后,他们感到快乐,精神振奋,仿佛曾一直在新鲜的空气里奔跑一样。

作业本儿被分发了下来。课程是根据每个孩子的需要量身定制的,目标是让他们所有人在返回外面世界的学校时,能重新融入他们自己的年龄群体。

弗兰克今天的作业是社会研究。西蒙斯夫人断定他数学不错,但由于他是个新澳大利亚人,所以需要赶赶历史和英语文学。他今天上午的任务是记住英国君主的年代,读亨利·肯德尔的诗《风铃鸟》。他需要就这首诗写的是什么内容写上一页。

艾尔莎转着轮椅进来,停在了门边的一张课桌旁。

"艾尔莎!"西蒙斯夫人喊道,声音柔和,透着爱意,"上午好!"

艾尔莎点点头,垂下了眼睛。她真害羞,弗兰克想。"艾尔—

莎！"他低声说。他再次感受到了她的名字被喊出来的韵味。

他怎样才能费心去记住英国的那些国王和女王呢？西蒙斯夫人说他还要就此接受测试。他引起了她的注意，她朝他走了过来。"怎么了，好得像金子的弗兰克？"她已经给他起了个绰号，也给其他所有学生起了绰号。不过，就他了解到的情况，艾尔莎除外。

他喜欢这个绰号，喜欢这个人称代名词。西蒙斯夫人低下了头，她灰褐色的辫子盘了起来，像个冠冕。她看上去很健康的大脸凑近了他的脸，他嗅到了她温暖的、散发着香气的气息，端详着她的手，她宽阔的手背上布满了斑点。"肉桂夫人"，他私下里这样喊她。她是一名战争遗孀，孩子们都长大成人了。她会不会像他母亲的朋友波尔卡那样有个情人，在星期二晚上和星期六下午幽会？波尔卡也是个遗孀。（他曾听到他父母拿波尔卡的"约会"开玩笑。）西蒙斯夫人穿着有褶皱的花裙子，裙摆下露着赤裸的腿。她的腿很粗，又被晒黑了，腿上的血管蜿蜒如蛇。她穿着露脚指头的白凉鞋。他瞥见了她发黄的脚指甲。

"记住这些英国的国王，我看不出有什么意义。"

"那是我们的历史，弗兰克。我们就是从那儿来的。"

"我可不是。"在他来这儿之前，他压根儿没听说过皇室。而在这里，他们无所不在，杯子上，铅笔盒上，新闻标题上。国王去世了，加冕了，王室来访了……他们就像电影明星。

"但是你现在在英帝国里！她也是我们的女王。英国人统治着世界。"

他受不了那种想法，受不了他再次来到了一个比另一个国家低一等的国家，受不了这个国家像个仆人或孩子。这激怒了他，他愤怒于澳大利亚人似乎想把他赶出去。澳大利亚人是好孩子，如果你不在一个影展开幕式上站起来唱《上帝拯救女王》，他们就会朝你皱眉头。

"不，"他说，"美国人统治着世界。"

西蒙斯夫人扬起了眉毛："不统治这儿，他们不统治。"

一个白天住院的病人喊着"小姐！小姐"，她就过去了。

白天住院的病人让弗兰克感到愤怒，甚至让他感到厌恶，他对他们敬而远之。他们一个接一个转着轮椅进来，腿上了夹板，手上了夹板，上了两脚规或背甲。他们是一群羞怯、不对称的小伙伴。这些白天住院的病人提醒"黄金时代"里的孩子们，他们在外面的世界里究竟会是什么样子的，他们肯定会是可悲的孩子、受到诅咒的孩子、畸形的孩子。

然而，当他想到艾尔莎，想到他和她有着同样的命运，他就不觉得耻辱了。

他越过轮椅斜视着她，斜视着她平静的侧面轮廓。她正在读作业本儿里的某种东西，一条长而细的胳膊放在课桌上，另一条放在膝上。她在想什么呢？她为什么看上去像个救星？就像个他想加入的俱乐部。和她在一起，你会感到安全、更好。

在"黄金时代"，治疗总是优先于上课。整个上午，学生们进来，又出去进入治疗楼。艾尔莎也被叫去了，她刚一离开，弗兰克就觉得教室似乎变得令人难以忍受了。一个白天住院的孩子必须有人帮助,才能上洗手间。沃伦·巴雷特被要求背诵《九九乘法表》。弗兰克把手指放进他的耳朵,读起了《风铃鸟》,他想听见它,它被印在一张泛黄的纸上,字体呈淡紫色。肯定有数十个孩子触摸过它了。看到一首诗变得这么破旧不堪,真可谓一种耻辱。

> 声音在清凉沟壑里飘舞,
> 我听到溪流落下幽谷。

多么美好的诗句啊,诗歌给人抚慰。从哪里来?从别的一切中来。

然而,他很快就碰上了一种严格的韵律。简直是一首不停飞奔、声调平直的诗。那些韵律!那些安排错误的词语……

> 它生活在山里,
> 苔藓和莎草触动河畔和危岩,多么美丽。

诗应该遵循口语,沙利文曾经说。

西蒙斯夫人向他弯下腰。"你读《风铃鸟》读得怎么样了,弗兰克?"她微笑着说。

"它太老套了。"

一缕轻云飘过了西蒙斯夫人如清澈天空般的目光。"这是澳大利亚的一首名诗，弗兰克。好几代人都喜爱它。"

"诗歌再也不必押韵了。"弗兰克说。但是，他能看到，她已经失去了兴趣。他不知道是否要告诉她，他是一名诗人，一名年轻的诗人，他最近才被召入诗人的行列中，被托付了一种秘密的新知识。

"在你的作业本儿里写五行就行，弗兰克。写这首诗的主题。"她走开了。

西蒙斯夫人不懂诗歌，这间教室里没有人懂。沙利文打开了一个世界的门，让一切都有了意义。当他死时，门关上了。

弗兰克放下了钢笔。他产生了一种无法抗拒的冲动，他要看到艾尔莎，仿佛只有这样才能救他的命。但是，他被困在了这间教室里，困在了这具躯体里，困在了西蒙斯夫人的意志里。他拿起钢笔，写了五行：

《风铃鸟》是一首著名的澳大利亚诗歌。
它写的是在灌木丛里行走的情景。
诗人感到悲伤，因为他老了。
风铃鸟唤起了他的乡愁。
它创作于上个世纪。

"你看，"西蒙斯夫人说，"你轻轻松松就能把它搞定，只要你努力。"她看了作业本儿，签上名字，没有写评语。"你是怎么知道'乡愁'这个词的,弗兰克?"

他看着她。他怎么能不知道呢?乡愁四处弥漫。特殊的声音能引发乡愁,特殊的时刻也能,比如日落,比如星期天的晚上。还有艾达的乡愁,艾达弹奏过《忧郁的星期天》,那是一首匈牙利歌曲。

他和西蒙斯夫人之间出现了一道阴影。现在,在他对知己的永恒求索中,弗兰克已经习惯了失望。他请求上洗手间。

但是,他转着轮椅,径直越过了洗手间,进了治疗室。

12. 天使的翅膀

丽佳从围着按摩床的粉红色帷幕间探出头来。

"弗兰克?我没有叫你来啊!"

"你说过,只要我什么时候能锻炼,我就应该锻炼。"

"上课时间不行。"

"我上完课了。"

"你获得许可了吗?"

"我问过西蒙斯夫人了。"

"这儿可没人帮忙,弗兰克。"

"我想自己做。"

没一个职员最终能抗拒这一点。

这不像别的正在使用那些杠子的任何人的情形,当他们来时,弗兰克·戈尔德表现得十分精明。因此,丽佳决定听之任之。

所有孩子都喜欢和丽佳亲近。通过他们的身体，她了解了他们。她太了解了，她知道每个孩子究竟能承受多少。每个孩子都是她照看的一个引擎，她则是个专家级的机械师。他们喜爱她年轻的宽脸庞、晒黑的胳膊，她微笑时露出的洁白牙齿，喜爱她的幸福。每个星期天，她都要和她新婚的丈夫在斯旺河上航行。和她一样，他也来自波罗的海的国家。他是造船的，她在诺瑟姆的移民营结识了他。弗兰克为丽佳也是一个新澳大利亚人感到骄傲。

每个孩子都知道，丽佳永远不会放弃他们中的一个。她弯曲他们的手指和手腕，扭他们的躯干，拉伸他们的腿，把他们的头向下弯到他们的肋骨上。他们学会了不啜泣、不抱怨。她见证他们的重大场合，如第一次独自站立，迈出第一步。

他们获得的奖励是丽佳的微笑，还有她喊他们的名字的方式。她让他们觉得自己就像是运动员在为比赛而训练。他们必须战斗，他们必须永不放弃，他们会取得胜利！

丽佳消失在了帷幕后面。从她的沉默和平静的眼神中，他能够分辨出，她不相信他。他知道，独自锻炼存在危险，有人会说："这个孩子太大、太精明，不适合在这个地方待着。"

弗兰克知道自己精明，很早以前他就懂得如何照顾他自己。但是，他也认为自己是个诚实的人，比别的很多人都诚实，对他自己诚实。

他需要找到艾尔莎。他已经无法承受与她分离太久，但他不知道为什么。

管他呢，就像迈耶经常说的那样，这总是赋予弗兰克勇气。

他环顾四周。在新治疗室里，现代推拉窗使阳光倾泻在按摩床、穿衣镜、一排排双杠上。这里是真正的学习发生的地方，每天三个小时，每个星期五天。按摩、锻炼、盐浴，为的是再次成为一个正常的孩子，为的是他们能够自己走路。

上课只是为了让他们不要忘了写作为何物，不要忘了课堂规矩和心算。

在帷幕后面，丽佳正在给一个小孩子按摩，他的声音因为哭号而沙哑。

"妈妈！妈妈！"

"法比奥，看啊！我现在能抬起你的腿了！"

弗兰克握住墙上的一些杠子，把自己从轮椅里拖出来。他摇摇晃晃，膝盖颤动，试图站起来。他的身体不得不承受那种感受。你必须去想活动中的肌肉，感受它们里面的生命痕迹。他松开手，重重地坐了下来。

从治疗浴缸那里传来波浪轻微、舒服的拍打声。是艾尔莎。

"黄金时代"为治疗浴缸感到自豪，那浴缸是定做的，用了不锈钢，又大又沉，大小够一个成年人伸直胳膊躺在里面。

时不我待。他转着轮椅，穿过了房间。

艾尔莎正穿着泳衣，躺在温暖的水里。就像她所有的衣物那样，她的泳衣也是她的表姐乔斯琳穿旧的。乔斯琳是姑妈南希的女儿。在温暖的盐水中，这件绿羊毛泳衣变暗了、变沉了。

星期天的时候,她的父亲曾带着南希一起来看她。"我自己要来看的。"南希说。

当他们离开时,艾尔莎听到南希说:"就不能给她做个手术吗,杰克?"

她的声音和令人震惊的腔调从走廊上飘了过来,她的父亲咕哝了些什么。

"难道她永远也不能正常走路了?"

艾尔莎听到了"希望"这个词。

她的身体漂浮在她的眼前,就像一片可以被扔掉的海草。她二手的泳衣、没用的双腿的重量、她父亲向南希咕哝的说话方式,都让她感到丢人。对他来说,有个患上脊髓灰质炎的女儿是一种耻辱。她已经给她的家人带来了耻辱。人们对脊髓灰质炎患者的家庭唯恐避之不及。

她今天还没有笑过。她漂浮着,面色苍白,神情阴郁,眼睛闭着。当她再次睁开眼睛时,她的目光正好撞上了弗兰克·戈尔德的目光。他正在透过帷幕,向里面窥探。

她把帷幕拉到了浴缸的一边。弗兰克首先看到了艾尔莎的脚。她的脚漂浮着,脚踝宛如一根叉骨。她的脚趾关节细长。

然后,他看到了她埋在水下的苍白的长腿的轮廓,她躯干的绿色斑点,她放在支架里的小小的头。她的手臂伸展在身体两侧,伸进了浴缸的横杆。

"天使的翅膀。"弗兰克说。

"你说什么？"

"这个浴缸的形状。"

"哦。"

她又闭上了眼睛。

他抓住这个机会，端详起她的面颊、她透着坚毅之气的小嘴儿。他的目光再次移到了她的身体上，看到了她宛如针尖的乳头，她胯部的 V 形。不过，他迅速把目光拉回到了她的脸上。

她睁开了眼睛。"我正在努力地想它像什么。'天使的翅膀'恰如其分。"

弗兰克想鼓起勇气告诉她，那说的其实是她，艾尔莎。当帷幕的拉环儿发出刺耳的响声时，她让他想到了天使。

"弗兰克·戈尔德！你在这儿干什么！"

丽佳的脸上没有一点儿笑意。

"聊天儿呢。"

"沐浴是私密的事情，你不是不懂。"虽然丽佳对孩子们一向友善，这时候看上去却非常不悦。她晒黑的脸都红了。"给我走，弗兰克。快点儿走，回去上课。"

"我完成了……"弗兰克张开了口，但他想最好还是听她的。他赶忙撤回来，连看都没看艾尔莎，还短暂地被缠在了帷幕里。

他离开的时候，丽佳连看都没看他一眼，而是背对着他给法比奥穿衣服，这让他感到更加难堪。

他产生了一个念头：他在这儿待不久了。

为什么他的意气消沉了？那不正是他想要的吗？他突然感到非常疲惫。他进入男孩儿病房，躺在了床上。

他只知道时不我待。可为了什么呢？

为了艾尔莎。

13. 迈耶步行回家

迈耶走出了工厂,傍晚如此温暖、明亮,他本能地转向了河流,开始步行。当他跨越长堤时,他要乘坐的公交车缓缓开了过去。他感到心潮澎湃,就像把一个男孩儿的帽子抛到了空中。为了什么?为了他自己。他看见宛如西瓜的云彩堆积在河流的上方,他嗅到了河流深处摆动的水草发出的气息。一股淡水河味道的清风拂来,像一只小狗一样舔着他的脸和脖子,让他又回想起了凉爽的生活。那是一些流水和夏日的傍晚,是他的过去的亡魂,自然界是他允许自己怀念的唯一的东西。他想起了巴拉顿湖、他的童年、他的兄弟,在水的附近,他总是感觉好一些。

他大体上把乡愁留给了艾达。过去不值得他思念故乡。

此时,他已经拐进了河滨路,正在向那片广阔如湖的水域附近走去。傍晚是多么平坦和伸展啊!细浪拍打着河岸,一些男孩儿正在比赛向水里投石子,就像世界各地的男孩儿那样。周围别无他人。一对黑色的鸟儿脖子弯曲得就像水管儿一样,它们在摇晃的水面上飞掠、俯冲,那是粗毛鸟。这个名称的丑陋让他感到震惊,他仍然不知道这儿的大多数鸟儿的名称。清风拂过他的脸庞。他每走一步,都觉得劳累减少了一分。他决定步行回家。

跨过河滨路,有一片广阔的、芳草萋萋的、近乎荒废的滩地。有时候,那里会举办体育活动或游行,就连小飞机也能在那里降落。在滩地的中央,一群肥胖的乌鸦就像黑狗一样昂首阔步,叫声刺耳、严厉,大模大样。自然在这里从来没有受到真正的阻遏。它是一座城,但就像一座村镇。在这座城里,你仍能嗅到青草、尘埃与河流的气息。

他在渡轮码头向右转进了巴拉克街,向上走过高等法院的花园,跨过了圣乔治大街。他们接受了这座城市,在这里获得了安全。但是,即使是现在,在上下班高峰期,宽阔的街道仍给人空旷之感。那是交易,他已经离开了他的城市,并且永远不会再回去。

充满感激之情的生命是多么短暂啊!

感觉仿佛如此。布达佩斯是他生命中光彩夺目的爱,但背叛了他。珀斯是一个脸庞扁平、臀部宽大的乡下姑娘,但他被迫娶了她。只有时间能分辨出,他是否终将伸出手去,抓住她的手……

他怀疑,他将再也不能像以往那样有在家的感觉了,在这块土地上,再也不能了。他还怀疑,喜欢一个地方,想象自己属于它是一种谎言、一种虚构、一种自负。

对犹太人来说，尤其如此。

他上学的时间很短暂，一去不复返。假如不是他洞悉人性，他会说这座城市有一种天真无邪的氛围。在这里，不会有人想象斯旺河血水奔涌，长堤遭到轰炸，坦克在圣乔治大街滚动。不会有人想到，一个街区一个街区的建筑空空荡荡，像坏掉的牙齿那样发黑、断裂。不会有人想到，枪声突然响起，被捕猎者跑过国王公园，尸体高高地堆积在国会大厦的台阶上……在一道炫目的闪光中，他看到他的弟弟亚诺斯被压在其他尸体中间。那些尸体就像靠着屠宰场的墙堆着的木柴。亚诺斯再也不……然而，当迈耶站在那里窥视，有那么一刻，突然历历在目，亚诺斯……

迈耶眨了眨眼睛，然后以一个熟练的动作把头转了过去。

奇怪的是，在记忆中，那些被杀害的人的后面都好像有一圈儿光晕，仿佛照片中拍到的超自然的东西。他们似乎被标上了记号，甚至从童年起就被标上了记号。他不知道现在他是否总是能感觉到这一点，或者是否已经把他自己也添进了回忆之中。

他、艾达、弗兰克已经抛开了他们的家人和朋友，那些幸存下来的家人和朋友。但是，死者却跟来了。

他突然很想见到弗兰克。他几乎已经到了铁路线，但此时他没有跨过巴拉克街大桥往家里走，而是左转，进了威灵顿大街，开始朝着西珀斯，步行上山。太阳正在下沉，刚好在地平线下面。

等他到了"黄金时代"，孩子们应该已经吃过晚餐了。当然了，他觉得他们还没有睡觉。虽然有探视规定，但迈耶从来没留意过。

现在，除了移民官员，没有人能阻止迈耶做任何事情。他了解他的这一点。他周围仿佛有一个看不见的小圈子。当他还是个男孩子时，他就注意到，有些男人也是这种情况。

这种力量来自对一切自称权威的东西缺乏尊敬。

更何况在这些日子，他没什么很想去做的事情。

然而，由于下决心要看到自己的儿子，迈耶的精神提了起来。小东西也能给你带来快乐，他已经明白了这一点，觉得它高于一切。在劳动营里，一根烟、一个繁星满天的夜晚、一片稍厚的面包就能够让他们获得短暂的快乐，就像孩子一样。

难道所有的快乐都只是童年的记忆？

迈耶在路边停了一会儿。他摘下帽子，想让他的头凉快凉快。那是一条没有树木的道路，两边排列着事务所、政府部门，还有一家货栈。他真想在某个地方停下来，喝上一杯。在一个敞着窗户的咖啡馆里，喝上一杯冰冷的白葡萄酒。但是，这里没有白葡萄酒，就连一杯老澳大利亚啤酒也没有。但是，他本能地知道，这一直在拯救他，因为酒馆儿里的吧台可没有一个孤身的新澳大利亚人的容身之地。在那里，操着各种语言的男人大声咆哮，不绝于耳，一直到六点关门才停止。

他超过了回家的其他工人，在热浪和光亮中低头走路。男人们有着饱受风吹日晒的脸，穿着衬衫，戴着软毡帽。女人们胳膊上长着雀斑，拎着吊桶状的白包儿，戴着帽子，穿着尖头的胸衣。这里的人老得快。他们感到扭捏不安，就像来到城里的乡下人。

城市不算小，但街上没几个人。他从未看见过他认识的人。在他曾经长大的那些街道的每个拐角，他都能看到熟悉的面孔，有过去的老师、以前的邻居、以前的同学和情人。而现在，这里对他来说是一个没有过去的城市。

当他和艾达在一起时，他必须积极乐观，就像一只气球，让一切都飘浮在让她恐惧的一望无际的大海之上。正是由于这个原因，只有当他独处时，他才意识到他对这次流亡的想法有多少。这是他们生活的新的一章，也可能是最后的一章。

搞笑的是，刚开始的时候，就像所有的情人那样，他和艾达总是想独处。现在，他最喜欢她的陪伴。和别人在一起时，他明白了她是一个技艺非常高超的艺人，明白了这多少算是她的逃避方式，尤其是她弹钢琴的时候。这种逃避因此也成了他的逃避。

他在山顶上向右拐进了托马斯大街，经过了珀斯现代学校。那是一所著名的州立高中，是一个神圣的地方，是一些总理、劳工领袖、运动员、学者、科学家、音乐家的母校。看到它的高大树木和黑色建筑，他喘了一会儿。他们来这儿的时候，弗兰克连一个英文单词都不会说。六年后，他获得了上现代学校的奖学金。这个好消息让他们的小家庭震惊了。那时，自在这儿上岸以来第一次，他们允许自己高兴了。他们欢呼雀跃，和隔壁的扎内蒂一家喝了葡萄果渣白兰地。他们还派弗兰克去买鱼和炸薯条。那是他们唯一喜欢的当地食品。他们的移民决定终于显得是合理的了。那是对所有陌生、卑微的地位和失望的补偿。儿子给家庭带来了荣耀！他将有机会在这里崭露头角。

后来，他们怀疑，他有没有可能是在炸薯片店排队时被传染上了脊髓灰质炎。

谁知道他现在还能不能上现代学校了？

迈耶跨过了托马斯大街大桥，走上了洛夫图斯大街。天空呈现出杏黄色，明天又将很热。他最终学会了推测这个城市的天气，那是通过早晚站在他们家的花园里以及和隔壁的老人维托交流学会的，维托是这里土生土长的人。

他向左拐进了哈罗盖特大街，看见了黑色鸟儿栖息在"黄金时代"的烟囱上。在太阳落下后的几分钟里，这里的空气宛如清水。他看了看他的表，发现自己步行了37分钟。

在夜晚的天空下，防护网厂闪闪发亮。但是，"黄金时代"则显得幽暗，悄然无声。他穿过开着的门，进入了昏暗的门厅。门厅里供人等候时坐的长椅空空荡荡。他经过护士长的办公室，进入了半明半暗的走廊。走廊那头的厨房里亮着灯，传来盘子轻微的碰撞声。从楼上远远传来各种声音，护士们正在吃晚餐。他向左转，沿着走廊走到男孩儿病房，站在门口。他眼前是典型的医院场景，所有的小病人都在床上，病房里干净整洁，小病人们都洗过澡了。房间里光线不强，刚够他们做一些事情。

弗兰克的床离门最近。他正枕着两个枕头，仰面朝上躺着，读着一本书。他的皮肤拥有洗过澡的孩子的皮肤的柔软。他潮湿的头发向后梳着，就像一个小男人的头发。他看上去年轻得令人动容，几乎带着孩子气，与艾达相仿得有点儿荒唐可笑。那本书是《一千零一夜》，他读书的模样像艾达，聚精会神，眉头稍皱。他心不在焉地把一根手指插在一个鼻孔里转动。

他的眼睛突然抬起来，看到了迈耶。他笑逐颜开，让迈耶感觉有一道光照了进来。

迈耶谦卑地坐在白色的被子上，挨着他儿子瘦骨嶙峋的腿。他感到自己有种获得了无条件的爱的幸福，这抚慰了他，让他的头脑终于平静了下来。这就是人类不断生儿育女的原因，他想，是为了提醒我们被爱的幸福。

"你干吗来了？"

"来看看你，我正下班回家。我想，管他呢。"

弗兰克咧开嘴大笑，就像个小孩子。

在弗兰克童年的大多数时间里，在战争期间，迈耶从来没见过他。从那时起，他们之间就开始了彼此不断了解的过程。他们没有相像之处，然而相互的友善却打造了一个纽带，不需要解释。他们两人中，没有一个曾经伤害过另一个、让另一个烦恼过。他们之间有一份模糊、未经表述的协议，那就是，保护他们自己免受艾达的伤害。

"那么，弗兰克，你怎么样？"

弗兰克不会冲着迈耶抱怨，除非某个问题已经被解决了，否则迈耶根本不听他说了什么。

"今天，"弗兰克高兴地说，"我走了两，不，三步，靠我自己。"

迈耶明白，这是在让他高兴。他伸过手去，抓住了弗兰克的手。"我不知道你都开始走路了。"而迈耶知道，对此他最好不要太信以为真，这孩子经常撒谎。

"我将来要玩儿足球！"关于这一点，则存在虚假、习惯的因素，某人曾经向他建议过这一点。一个澳大利亚人，无论是他还是弗兰克，从来都对足球毫无兴趣。他能感觉到弗兰克手指细长的骨头。用这样的手玩儿不了足球，你不行，他想，你不能用夹在两根棍子之间、小得可怜的腿行走。

"你真想做什么，你就能做什么。"迈耶说，"你会看到这一点的。"

在所有的磨难中，这是最让迈耶崩溃的磨难。当然了，弗兰克永远也不会知道这一点。仿佛有一种诅咒从旧世界追着他们而来，并且还没有让他们吃尽苦头，仍然有最残忍的阴谋诡计施加给他们。这让他觉得自己没有保护好他的儿子，内心生出彻底的失败、无力感。

他永远都为他自己的父亲死于1938年而感到高兴，因为这样一来，他的父亲就无从知道儿子们的悲惨命运了。他把手伸向放在旁边储物柜里的一杯水："我可以喝吗？"

当迈耶喝水时，弗兰克看到他的喉结在迅速地上下移动。他渴了，他来这儿肯定步行了好长一段路。

迈耶拿起弗兰克的书："你喜欢这本书？"

"喜欢。我正在读《阿拉丁和神灯的故事》。"

"我以前读过,在匈牙利。"

"我喜欢那盏神灯和那个精灵,还有飞毯!"

"我现在就想坐着一条飞毯回家,你妈妈正在家里等我。你了解她,她会担心的。"

迈耶站起来,低头看着弗兰克。迈耶已经大变样儿了,他就像历史遗迹,脸庞瘦削,鼻子塌陷,黑发卷曲。他的眼睛里闪着悲哀,像剩余的泪珠。在迈耶的凝视下,弗兰克突然觉得自己非常渺小和虚弱。别啊,爸爸。爸爸是他的风景里寡言少语的巨人。他想哭着喊"别走",就像别的孩子对他们的父母做的那样。但对迈耶,他绝不可能那样做。

他的父亲弯下腰来,吻了吻他。

当迈耶在门口转过来挥手时,他想,弗兰克现在看上去不像个小孩子了。弗兰克正在躺回到枕头上,眼睛呆呆地凝视着琴房。他目光严肃,双颊下陷。他的嘴巴流露着一个要老得多的人的坚决之气,但多少有些苦涩。

迈耶知道弗兰克很爱他,像艾达那样爱他,还有他的父母、兄弟、可怜的小妹妹洛西,还有朋友,可他们几乎都在战争中死去了。无论走到哪里,他都要把他们的爱带在身边,就像用棍子挑着扛在他肩上的一个包裹,他们的爱是神秘的、不求自来的礼物。

他有时候想,他实际上仅在回忆中爱着。

他常常想,他的性格或许比别人冷淡,而那正是他幸存下来的原因。

自战争开始后,他一直不能向任何人说"再见"。他无法让自己说那个词,无论用哪种语言都不行,他也绝不会说"回头见"。

他无法故意忘却死亡的惯例,无法在其存在的包围下生活,它就像他耳朵里的轰鸣。他像一个水手那样,不断听到大海的咆哮。

弗兰克枕着枕头,凝视着对面高高的黑窗子,构思着一首诗。

回到路上吧,父亲!
回到黑暗中去。
我擦了我的灯,
可你没有回来。

他从他的睡衣口袋里掏出处方笺。接下来,他突然甩掉了他的被子,去够轮椅。他想告诉他父亲,他是个诗人!

就在迈耶走过时,一个女人正在下楼梯。

"戈尔德先生!"

他转过身来,原来是护士长宾尼。她脚蹬高跟鞋,头发闪亮,穿着一件翠绿色的织锦裙子。在她左乳房上方她通常挂表的地方,别着一枚亮晶晶的别针。从他站的地方看过去,她的腿一览无余。在高跟鞋的映衬下,她的小腿肚显得结实、浑圆。她的脚踝细长,她的腿就像一对颠倒的瓶子。她胳膊上挎着一个珠绣包,包带是金色的，她手上拿着一副白手套。

"天啊，从这往下真黑啊！"她下到了最后一级台阶，打开一个开关。"这真是一个迷人的夜晚啊！我们在阳台上吃晚餐，都不想动了。"他们站在那里，彼此打量着对方，沐浴在她的香水淡淡的东方韵味里。

"一切安好吧，戈尔德先生？"

"谢谢你，是的。我路过这里，突然想去给我儿子道'晚安'。"

她微微一笑。她的微笑纯粹，宽宏大量，没有架子，使她的面庞熠熠生辉。

"那会让他高兴坏了。"

她没有皱眉，没有提探视时间的规定。

"今晚我不值班，"当他们一起走向门厅时，她说。她的高跟鞋踩在地板上，发出"咔嗒咔嗒"的响声。"我要去我女儿的学院演戏。"她愉快地微笑着。

"你的女儿在戏中扮演角色吗？"

"不，伊丽莎白·安非常内向，她在门口验票。"

有趣的是，他发现，与按照澳大利亚女人风格的严格规定的穿着相比，她现在这样穿制服更有魅力、更为特别。在他看来，她们看上去都像穿戴整齐的女仆或较大的女学生。与穿着制服的她相处，与她进行正式的、就事论事的交流，他感觉更自在。现在有必要聊聊了，但他不知道究竟该说什么。

"我儿子情况怎么样？"当他们快走到前门时，他问。

"他恢复得不错。"

"他告诉我,他现在可以走路了。"

"真的吗?还没人向我报告呢。"她带着一点儿诙谐的意味微微一笑,"不过他肯定正在好转。"

"我明白。"于是,他知道,弗兰克可能说了假话。

她转向他:"你知道,孩子们明白自己的父母有多担心。他们想让父母开心,他们也的确做到了。"

白天最后的光线变成了斜斜的条纹,落进了门厅。他能够看见她鼻子上的粉红,看见她双唇上的红色唇膏。有那么一会儿,她的脸就像一副面具。只有她的眼神是真实的,因为了解而显得黯淡。

"有时候,讲故事的小本领就能让我们信以为真。"她说。

"你的意思是撒谎?"

她仰着脖子,哈哈大笑。她是多么开心啊,他想。她是个寡妇,她的情人是谁?

"我得走了。"她调整了一下拎包儿的姿势,冲他笑了笑,"要是我迟到了,伊丽莎白·安永远也不会原谅我。"他往后退了退,好让她从门里走出去。

在走廊上,一个女人朝他们跑过来。那是个矮胖、不修边幅的女人,看样子慌里慌张的,她身上的一切都乱了套,罩衫紧绷绷地撑在大乳房上,赤裸的双腿被硬塞进丑陋的鞋子里,浓密的短发就像小孩子那样乱蓬蓬的。

"洛西[1]！"迈耶喃喃地说，一阵颤抖顺着他的脊骨传了下去。

"天啊，所有的父母今晚都露面了！"护士长宾尼说。

"护士长！"那个女人喊道。她面孔发红，几乎要哭出来了。"我搭了一个邻居的车！我知道探视时间过了，可我好久没见着艾尔莎……"

"快点儿进去吧，布里格斯夫人，离熄灯还有几分钟。"

那个女人猫着腰经过了他们，跑进了前门，一句话也没说。

弗兰克起得太迟了。他不仅没能在迈耶离开之前从男孩儿病房出来赶上迈耶，还差点儿撞倒了艾尔莎的母亲。

当他们跨越走廊时，他们一句话也没说。护士长宾尼的浅蓝色莫里斯小轿车停在路上。

她犹豫了一下："我可以载你一程，如果你和我一路的话。"

迈耶指了指另外一个方向："我要去车站。"

"那就再见吧，戈尔德先生。"

他鞠了一躬："祝你晚上过得愉快。"

"我会的！"

他们用眼神互相道别。

当他步行离开时，他觉得一切都不一样了。为什么？天鹅绒般的薄暮开始变得十分柔和，灯光亮了。屋顶和树木宛如用铅笔画的细线，历历可数。城市变得温柔了，似乎更成熟，更像它自

---

[1] 迈耶死去的妹妹。

己了,带着它自己的秘密和潜能。他正开始以不同的眼光看它,对它友好了一些,仿佛在不知不觉之间,它就让他一点点地适应了。失望和怨恨好像已经开始消失在这种丝绸般柔和的空气里……一座偏远的外省沙漠城镇慢慢按照自己的方式获得了深度和色彩,成了一座神话般的城市。他第一次觉得重新回到了某种光明之中,回到了一种生活方式的阴影里。他曾一度以那种方式生活在布达佩斯的街上。

这个护士不是一个循规蹈矩的人。她有主见,就像他那样。她充满活力,但喜欢独处,不受家庭生活的拖累。她勇敢,甚至敢于冒险,不会失望到绝望的地步。这样一个女人怎样变成独自生活了呢?所有这一切都是在他站在楼梯底下时一眼看穿的。

他们之间存在着一种呼唤,这种呼唤清晰得就像鸟鸣。于是,他们立即开始寻找,以便找到它,他们惺惺相惜。

回到路上,在防护网厂如游乐场般的灯光里,他们已经互相做了评价,并且决定转身离去。

然而,他记得他们分开时的那种感受。他觉得,世界上最自然的事情莫过于一个男人和一个女人告别时,他们之间却存在一个小小的鸿沟,需要某种东西来填平,这种东西也许是一个亲吻、一次拥抱或一次致敬。

他有一种逃避的感觉。

在战争中,某种东西从他那里被夺走了,违背了他的意愿。他再也不是以前的那个他了。他在劳动营、山区和盐矿受苦数年,现在只有独处对他来说是自然的。他的某一部分已经彻底疲乏了，他超脱了亲密关系，伪装成正常的状态。而过去的沉重和现在日子的虚幻，已经让他精疲力竭了。

就在列车冲破黑暗进入利德维尔车站时，他突然想起了他们抵达珀斯之后不久的情形。当时，他、艾达、弗兰克走出了移民收容所，向斯旺煲海滩走去。他们跑下了巨大的沙丘，跨越辽阔的白沙地，站着凝望一直伸展向非洲的印度洋。那是冬天，只有他们在那里。艾达和弗兰克脱掉鞋子，沿着海岸奔跑，与波浪玩捉迷藏。来海滩的路上，在背着弗兰克走了最后一英里之后，他感觉累了，于是躺在海滩的中间的沙地上闭上了眼睛。

他曾经觉得新西兰和澳大利亚是世界的底部。他只能听到拍岸碎浪的轰鸣和盘旋的鸟儿的鸣叫，他沉重的灵魂怎样才能承受如此无穷无尽的孤独？他听到弗兰克和艾达的笑声和叫声在风中飘荡。

如此荒蛮和自由，
如此静谧。
和我一起躺下来吧。

这些话是从哪里来的呢？

14. 花园里的玛格丽特

从沙漠吹来的东风整天刮过郊区。到了日落时分,尽管风已经停了,屋里依然很热。玛格丽特把婴儿留在了幽暗的休息室的地毯上,莎莉则平躺在休息室的长沙发上。胖珍咧着嘴笑,挥着她胖乎乎的胳膊,正在听电台播出的《阿尔戈英雄》。她对珍的照看比不上艾尔莎,实际上,自打她被迫接过照顾艾尔莎的任务后,莎莉就一直情绪不佳。

打开后门,站在木质台阶上,消失在绿荫之中,真让人心旷神怡啊!葡萄藤蔓堆在棚架上,老无花果树站在洗衣间旁。邻居家的树木高过了篱笆,排成了一排,浓密的叶子沙沙作响。这一切她都很熟悉,熟悉得仿佛它们都长着脸。在晾衣绳外,野燕麦在它们的院子里蔓延,就像一片麦地。这一年谁都没精力把它们清除掉,也没人捡烂掉的无花果,清掉蠓虫造成的黑滴。

一切都悄无声息。天气太热，迫使鸟儿们取消了终日的合唱。邻近地区的所有孩子都待在了室内，就连蚂蚁都消失了。她能感觉到，这是一个酷热期的开始，酷热期安静如一只躺着等待的动物。这是夏天的第一个酷热期，迄今为止还没有海风吹来。玛格丽特在那一小片乱糟糟的草地上安了个喷头。

在一天的这个时候，她总能找到借口到外面待一会儿。她仿佛受到了某种召唤，如果她不到外面，她就觉得自己被困住了。

很久以前，十五岁的时候，她曾经在一个邮局商店工作。商店位于珀斯南二百英里处的一个十字路口。在下午六点关门后，她常常步行穿过"公寓"。"公寓"是一片满是死树的森林，从商店后面一直延伸到她目力所及的地方，它没有别处可去，真够可怜的，像她一样可怜。然而几个月过去了，当她在它龟裂的地面上穿行时，污浊的泥浆总是在下面不远处，于是她开始感受到它的存在、它的温柔、它的忍耐。它是一群野生生物的主人，其中有蛙、有鸟、有蛇。穿过赤裸枝丫的光柔和，令人欣慰。那里从不寂静，她并不感到孤独。

那是九个月前的一天，天气也这么热。一个星期六的正午，她从城市购物回来，看到了停在他们家车道上的救护车。从那时起，她的身体就被某种东西掌控了。那个东西很沉，就像她腹部有块儿石头，把她的嘴、脖子和肩膀往下拖。有时候，花园是她唯一能够呼吸的地方。在艾尔莎被隔离的那些日子里，她夜复一夜地在那一小片草地上来回踱步。

花园告诉了她一些事情。

第一天,她和杰克从医院回来时感到束手无策,只能等待。一只黑乌鸦从暮色中飞出,在无花果树的树干上敲一根细长的骨头。"砰,砰,砰……"就像残暴的自然精灵在传递它的信息。就是这样!就是这样!直到玛格丽特跑进了屋内。

南希曾驾车带着一锅炖菜来到家里,询问玛格丽特关于卫生的情况。她有没有让她的女儿们使用公共厕所?她监督她们洗手了吗?玛格丽特扯着嗓子喊了起来,就连杰克都觉得南希管得太宽。他搂住了玛格丽特,但她再次跑到了外面,跑进了晾衣绳外的黑暗之中。她再也忍受不了了。

她躺在草地上,月亮升得更高了。群星在黑色的天穹中滑落,草在她周围沙沙地响。她听见小生物在泥土中移动,听见蠓虫的嗡嗡声,万物都在运动,院子每时每刻都在恢复到荒野状态。她觉得她躺在一只巨兽的心脏上,它要求取得她的信任,她能做的也只有信任。

很早以前,在某个地方她发现了这一点,然后又忘了。她做汤、洗尿布,抛弃了生命之源。她再也不会这么做了,绝不,永远不!如果艾尔莎……

透过尖桩之间的缝隙,她看到雷蒙德·霍夫曼的卡车停在他母亲的车道上。那时,太阳刚刚落下。雷蒙德经常在从他的农场回来的路上进来喝一杯茶,他的卡车装着给市场送的水果和蔬菜。

市场在西珀斯,离"黄金时代"不远。

玛格丽特没有多想。她跨过篱笆中的缝隙，跑过阿达·霍夫曼光秃秃的大院，顺着陡峭的后台阶跑上了她的走廊。阿达的宠物羊卧在台阶下面，仿佛已经死了。

"喂！"羞怯的玛格丽特大胆地透过门上的网格喊了一声。雷蒙德和阿达正坐在餐桌旁，看上去值得信赖。在他们之间，放着一壶茶。他们把他们灰蓝色的、质疑的北英格兰眼睛转向了玛格丽特。通过网格，她请求雷蒙德捎她去探视艾尔莎，她的声音有点儿急促不清。

"我好久没见到她了。"玛格丽特站在门口，紧抓着她的围裙，"小宝宝生病了。"她听见她的声音在发颤，这让她感到吃惊。不过，那种发颤并不像他们可能认为的那样仅仅出于悲伤，而是出于愤怒。

这天早上，当杰克在卫生间刮胡子的时候，她站在杰克后面，说："这个星期天我想去'黄金时代'。"

"恐怕去不成。"杰克说。他抬起他的下巴来刮，结果他的声音显得有些勉强。"我答应南希去修理她的篱笆，她都安排妥当了。"

"可我三个星期都没见到艾尔莎了！"

"你知道我见过，"杰克烦躁地说，"你知道她好着呢。"

他爱发脾气，因为他知道玛格丽特不需要对艾尔莎说什么，他总是听他妹妹的话。

南希！南希和杰克见着了艾尔莎，而她却只能待在家里，看着生病的婴儿！玛格丽特想咬牙、跺脚、摔东西。

在暮色中，阿达和雷蒙德不动声色地坐在餐桌旁。他们都长着大叶状的耳朵，有着一张棱角分明的脸。他们的面颊很长，皮肤细嫩，胖乎乎的，像小酒杯。他们什么也没说，玛格丽特知道，这是脊髓灰质炎给人造成的结果。他们沉默着，就像为了让一辆救护车通过，交通暂停了。在这种沉默中，玛格丽特明白了要施压，要求她需要的东西。一磅适合炖的牛肉，请你帮忙。一打鸡蛋。怎么了？害怕我传染你……

在那个星期六，当玛格丽特和杰克从珀斯回到家时，他们看见停在他们车道上的救护车是阿达叫的。那天晚上，她把莎莉和珍带到了她家。阿达话不多，但获得了布里格斯一家的信任。

绝大多数人似乎都疏远了玛格丽特，但阿达依然如故。

雷蒙德清了清喉咙，指了指他那杯茶。

"我将在五分钟准备妥当。"玛格丽特说，几乎不相信自己这么大胆。杰克将很快回家帮助莎莉。就这一次，没她他们也能应付。

卡车的噪声太大，影响说话。两个羞怯的人可以坐在"咯吱咯吱"响的座位上，高居傍晚的车流之上，各人想各人的事情。现在她已经在去看艾尔莎的路上，她的无精打采、焦虑和愤怒一扫而光。她直挺挺地坐着，对一切都保持警觉，如卡车里的农场气味、汽油味、草料味、肥料味，以及雷蒙德厚实的、棕色的、握着方向盘的手，雷蒙德是个未婚的农民。在"公寓"的生活，让她了解了那种类型的人。太阳每天在他们后面落下,万物平静,平滑如水,就这样漫不经心、随心所欲,如果她的生活并不是一艘她可以奋力驾驭的大船,而是像他们那样,会发生什么事儿呢?

她已经不再和绝大多数人接触。只要可以,她就派莎莉去商店。艾尔莎住院后,她第一次走进肉铺时,有些人马上退了出去。

现在,对她来说,她的家就好像因这件事而有了罪孽,门上好像有个记号。当她推着童车在路上走,经过其他房屋时,她感觉自己像个被抛弃的人。

她曾在教堂为艾尔莎祈祷。但是,现在玛格丽特进行祈祷的唯一场所是外面。一个人,在夜里。她曾请求牧师霍利斯在隔离病房为艾尔莎祝福,他却没有露面,这让她愤怒,他的行为太过分了。她祈祷,请求消除怒火,原谅他。他自己也有孩子,但是,就他的信仰而言,这又说明了什么呢?

艾尔莎已经好些了,靠她自己。

卡车移动得很缓慢,是路上最慢的车辆。星星出现了,玛格丽特有些担心,祈祷自己能在熄灯前见到艾尔莎。

当艾尔莎听到她母亲的鞋子发出的"嗒嗒"声时,她正在读《绿山墙的安妮》,玛格丽特的脸突然就出现了,红扑扑的,像月亮一样闪亮地冲着她,眼睛里闪着高兴和期盼。艾尔莎觉得她母亲想抱她,自己不经意地往后缩了缩。

"你怎么来这儿的?"

"坐雷蒙德·霍夫曼的车来的。"

"珍怎么办?"

"我把她留给了莎莉,爸爸这时候应该到家了。"

"他会说什么啊?"

她们对视了一会儿,艾尔莎拍着挨着她的腿的一个地方。

玛格丽特一屁股坐了下去,长舒了一口气。她向后扭动着她柔软的大屁股,给人一种自信、特别的感觉。她的眼睛扫视着房间高高的天花板,其他床上的小女孩儿正客客气气地读着她们的书。

"护士都在哪儿?"玛格丽特问。

"楼上。喝茶呢。"

"走廊里一个男孩说,还有时间见你。一个脸色苍白的孩子,尖脸。"

"弗兰克·戈尔德,他是新来的。"但他已经到处跑了,什么都知道,艾尔莎想。他下床去干吗?

"一时冲动就来了,亲爱的。我想来,就来了!"

有那么一会儿,艾尔莎觉得她好像在用望远镜看她的母亲,远远地看着她童年的脸,看着她脸上的鹰钩鼻子,柔软、毛茸茸的面庞,断裂的毛细血管,眼睛就像被压烂的蓝色花朵。

玛格丽特太高兴了,不在乎自己的外表。当她向后坐在床上时,她闪亮的、白色的腿部稀稀疏疏地露出几根汗毛。她的旧鞋子晃荡着,她浓密的黑发剪短了,近乎是平头,她的连衣裙的前胸位置还留有污渍。

艾尔莎克服了那种侵扰感。这是一天里她最喜欢的时光,在熄灯之前读书。她感到平静、失重,全身没一块地方痉挛或疼痛。这是一段祥和的时光,每个人都气定神闲。防护网厂的光辉填满了窗户,她读的书的书页散了,随着她陷入梦乡,那些书页用别样的生活填充了她的脑袋。

"这地方不错。"玛格丽特说,她们经常心有灵犀。"爸爸说你已经开始走路了。"

"一点儿,要拄拐。"

当你和玛格丽特在一起时,聊天儿不是重点。玛格丽特不会问很多问题。只要在一起,她就能知道你的状况。她往往带一些东西,如一个红苹果、一串麝香葡萄,都是艾尔莎喜欢的东西。然后,她会挨个儿喂你。她总是离你很近,成了你的一部分,就像一只母兽。那种温暖正在缓缓地放松着艾尔莎。她的精神开始松弛,打了个哈欠,又成了一只古怪的幼崽。

"那累着你了。"

"你说什么?"

"走路啊。"

"妈妈,我在这儿就是为了这个!"艾尔莎感到气恼,因为她母亲说对了。走路太难了,难到她害怕自己会放弃,成为那些达不到目标的人中的一个,这种恐惧笼罩着她。

女儿不得不背负这样的负担,玛格丽特感到伤心。每次她看到艾尔莎,艾尔莎都变得更成熟了一些,艾尔莎已经丧失了她的童年。假如玛格丽特见到艾尔莎的次数不这么多，假如她没有给予艾尔莎更多关注，她就无法适应艾尔莎，她的女儿会比她还要成熟。

"我以前来不了，亲爱的。除了我，别人都看不了珍。"

"没事儿，妈妈。"的确没事儿，但如果她过于强调这一点，就会伤到她的母亲。

在一阵脚步声和笑声中，护士们走下楼来。过不了一会儿，她们就会容光焕发、神情愉快地闯进来，从一张床迅速移动到另一张床。这发生得很快。她的母亲会碍事。

她现在仿佛已经改变了立场，属于这里了。

玛格丽特跳起来，开始找她的包儿，她知道艾尔莎想让她离开。

"没事儿，妈妈！她们不会惩罚你！"

玛格丽特弯下腰去吻艾尔莎，她对她的孩子从不发火。对她来说，她们永远是对的。

随着玛格丽特的脚步声在走廊里回荡，艾尔莎的烦躁渐渐消失。玛格丽特的鞋子之所以"咔嗒咔嗒"地响，是因为它们太大了。她是在打折时估摸着尺寸买的，后来在鞋尖里塞了纸。

艾尔莎的母亲必须习惯的是，艾尔莎将独自应对她的遭遇，玛格丽特和其他所有人都只会妨碍她。

但是，艾尔莎永远不会忘记，当她在隔离病房醒来、烧已经退时，她脑海里产生的一种想法。她知道，她之所以还能喘气，完全是因为她的母亲。因此，她的母亲不会消失。

当玛格丽特拖着沉重的步伐前往车站时，她扫视夜空，寻找月亮。月亮在她左边，就像一个银盘，挂在她头顶的某个地方。现在该想想怎么辩解了，她想。她这次离开家太鲁莽、太出格了，根本没办法找借口。杰克会盯着她，仿佛她是个疯女人。由于担心她哭泣，他会闭紧嘴巴。只要他说她疯了，她就会哭，他不必再说。

就她永远无法开口辩解的每件事情而言，理由都不少。因为万事万物是普遍联系的，就像儿歌里唱的那样，缺一个钉子，马蹄铁就会掉。

其实原因很简单。"我必须去，亲爱的。"她会这样说。在马丢了之前更可怕的是，骑手丢了。如果没了艾尔莎，整个家就会崩溃。

就这样吧。"我感觉好些了。"她会说。

也许他会为她感到高兴。

她试图隐藏艾尔莎对她意味着什么。莎莉总是说艾尔莎最受宠，虽然玛格丽特知道自己对孩子们一视同仁。但是，艾尔莎是老大，艾尔莎曾经承载了他们夫妻初为父母时的恐惧、笨拙、惊讶的全部力量，他们曾经一起长大。

自从艾尔莎生病以来，杰克的脾气就变坏了。有很多个夜晚，当他打鼾时，玛格丽特就会起来，去艾尔莎的床上睡。她躺在那里，一连几个小时看着天空上的云彩不断飘过窗前。

当她决定结婚时,她去告诉了她的父亲,她父亲住在养老院里。她刚长大有了一份工作后,他就时不时地开始去看她,借一些钱。当时他说:"我希望他脾气好,千万别嫁给一个坏脾气的男人,玛格。"他没了牙,但仍然有权威,仿佛他自己曾经是个理想的丈夫和父亲。

"你放心吧,爸爸。"她说。在这个世界上,她也只能跟她父亲说说这个了。她笑了起来,根本不在乎他怎么想。那时她刚怀孕,高兴地要疯了。

艾尔莎是一切的补偿。从她被放进玛格丽特的怀抱的那一刻起,星星仿佛都出来了。她立即明白,这个孩子很特别。人们向躺在婴儿车里的孩子弯下腰去,态度是那样优雅、庄重。

脊髓灰质炎的肆虐和残酷以及它瞬间造成的改变,让她想起了残忍的玩笑,想起了神话故事里的魔法。仿佛一个邪恶的魔鬼已经要求人们献上尘世间最美好的东西,而艾尔莎就是祭品。

现在,在独处的时候,玛格丽特觉得她自己的手卷曲了,当她走路时,她还让她的臀部稍微摇晃、旋转一点儿。

不知怎么回事,她想起了上个星期她晾衣物时看见的那只鸟。她察觉到,它站在不远处观察着她。当她蹲下身来时,它守着它的地盘,抖动着,眼神中流露出愤怒、吃惊。它很高傲,但正在寻求她的帮助。它浅灰色的胸部中央裂开了,一些灰色和白色的软羽毛堆在地上。突然,它奋力振起双翼,消失在后院的野草丛里。

弗兰克问值夜班的护士哈德莉·邓特,他是否可以去洗手间。

"干吗不用瓶子?"

"不用。我已经去掉了我的夹板。"

"那可要快点儿。"

他转着轮椅,径直转向女孩病房开着的门,透过门合页的缝隙往里面"嘘"了一声。"那是你母亲?"在见了迈耶后,他觉得胆子变大了。管他呢!

"是啊。"

"她长得可不像你。"艾尔莎的母亲看上去就像个清洁女工或洗衣女工。艾尔莎则是一枝漂亮的野花,盛开在一片卷心菜地里……

艾尔莎没有回答,她不想说话。

"那好吧。晚安。"

"明天见。"艾尔莎说。

"那是当然,"弗兰克以讨好的口吻说。让他感到恐惧的是,他的声音有些沙哑,有些像吱吱叫。直到回到了床上,他才缓过神来。"明天见。"这是朋友之间说的话。这等于确认了!确认了什么呢?

确认了他们不属于任何人,只属于他们自己。

15. 圣诞节

圣诞节那天，城里的孩子都回家了，除了弗兰克。他父母志愿在"黄金时代"提供午餐服务、洗刷餐具，好让奈拉和当地的护士能和她们的家人欢度节日。正如戈尔德向孩子们解释的那样，他们的宗教不庆祝圣诞节，他们在这里也没有家人（在世界上的任何地方都没有，不过他们没说）。他们得到了两个护士的协助，一个是来自新西兰的恩盖蕾，另一个是来自英国的哈德莉·邓特。他们甚至还获得了怀特豪斯的帮助，他是个单身汉，住在两条街之外的一座带家具的出租公寓里，他已婚的侄女邀请他吃午餐。

对这种暴露，对一个世界侵入另一个世界，弗兰克感到忧心忡忡。他觉得不自在，就好像艾达和迈耶有可能突然哼起匈牙利歌曲，或透露他们对澳大利亚的批评态度，或者他们的非澳大利亚式的激情和忧愁突然发作，或端上腌鱼之类的外国菜肴，或抽太多的香烟。

他希望艾尔莎留下来，好让他的父母能够见见她，他们一向对美有鉴赏力。他原本还想看看他们是否理解她的特质。但是，艾尔莎于上午九点乘坐一辆浅蓝色的小莫里斯车离开了。开车的是一个白头发的女人，他觉得那就是她的姑姑南希。她的父亲曾经从乘客座上跳下，来接艾尔莎。

当她架着拐杖缓慢跨过阿尔弗雷德大街时，他在游廊上注视着。她父亲在四周徘徊，以防她跌倒，而那只会惹恼她。弗兰克清楚艾尔莎的自豪和决心，但她的家人只知道怜悯。他看着她上了车，看到她用的是他们和丽佳练了无数次的方式，臀部先坐在乘客座上，然后抬起腿，转动。看到此情此景，他为她感到痛苦。就像往常一样，艾尔莎做的每个动作都那么优雅。

只是当她的父亲把她的拐杖往后备厢里放的时候，弗兰克才注意到后座有个小一点儿的女孩儿。她脸上没有笑意，目光直视前方，肤色苍白，姜黄色的头发被梳成了一条条小辫子。她没有身体前倾打招呼，艾尔莎也没有转过身来向她致意。那肯定是莎莉，艾尔莎从没谈过她这个妹妹。弗兰克突然感觉脊背发凉。这些天里，他和艾尔莎养成了聊他们各自生活中的人的习惯，但艾尔莎对莎莉只字不提。南希下了车，让杰克去后排的座位，挨着莎莉，他头朝前坐着。对他妹妹的车来说，他块头太大了。艾尔莎则一直注视着前方。

弗兰克回到了厨房,看见他的母亲正在系上奈拉的围裙。

"什么?"他听到沃伦·巴雷特对正在往长木桌上方挂气球的迈耶说,"你不信耶稣?"

弗兰克离开了厨房。

但是,"黄金时代"的圣诞节过得非常好。他们扯开彩色的拉炮,迈耶用夸张的外国腔调读出小纸条上的笑话,逗得他们哈哈大笑。他们都戴着纸做的王冠,产生了一种民主化的效果,就连艾达也戴着,王冠歪在她高傲的脸的上方。孩子们看上去像小王室成员,大人们则像卑微的小丑。两个农村婴儿雷玛和丹妮丝从一个人的膝头被传到另一个人的膝头。

这就是我们现在所属的社区,迈耶想。有着尘世的谦卑,有跛的,有瘸的。

他切开火鸡(艾达曾经按着奈拉的指示,照看过火鸡),扮演法国侍者,胳膊上搭着一条白毛巾。除了弗兰克,没有一个孩子知道法国侍者是什么东西。但是,他们笑得前仰后合,因为他们知道那是个游戏,不管哪里的孩子都喜欢游戏。

因为虔诚,并且在值班,迈耶倒的酒哈德莉连一口也没喝。但是,恩盖蕾喝了一杯,她的脸红扑扑的。诺姆·怀特豪斯早早回来了,口袋里装满糖果。艾达弹起钢琴,他们唱起了《平安夜》《铃儿响叮当》《上帝拯救女王》。

护士长奥丽芙·宾尼也早早回来了。她曾经邀请她的女儿在宫殿宾馆进午餐,但伊丽莎白·安想和朋友吉莉安·巴德一家在家里过，伊丽莎白·安寄居在他们家。"你也可以来，如果你想来。"伊丽莎白·安对她的母亲说。吉莉安的母亲曾经把伊丽莎白带到一边，告诉她可以邀请奥丽芙。

等奥丽芙走过巴德家绿草坪间的长长道路时，伊丽莎白·安打开前门，她在微笑。在午夜颂歌中，她曾经独唱一曲。奥丽芙从没见过她这个安静的乖女儿这么快乐、这么自信。由于用小酒杯啜饮雪莉酒，很多家庭笑话奥丽芙都没记住。一个堪称成功的自得其乐的家庭，她想。伊丽莎白曾一直缺乏的东西，这里应有尽有。奥丽芙非常安静地坐着，一言不发。她的细腿套着上乘的尼龙袜，交叉在一起。她的纸冠低低地压在她太过闪亮、太过青春的头发上，她把这该死的东西摘了下来。

伊丽莎白·安的眼睛冲着桌子对面，亮闪闪的，就像钻石。奥丽芙立即就看出，伊丽莎白和巴德家最大的儿子——蒂姆·巴德之间的气氛有点儿微妙。蒂姆·巴德很投入地扮演着被取笑、被揶揄的大哥哥的角色，没法知道他究竟怎样。他的脸红润、光滑，头发中分，往后梳着，是常见的大学生发型。他的眼睛看不见奥丽芙，因为她不属于他的世界。

在吃了布丁和白兰地调味汁之后，她低声说医院里人手不足，她要离开。当她离开时，伊丽莎白·安开心一笑，楚楚动人地挥挥手，但没有给她送行。蒂姆已经走过来，挨着伊丽莎白·安坐下。

奥丽芙刚走进"黄金时代"的厨房，迈耶就给她倒了一杯名为"托凯"的甜酒，她看见他的脸让人轻松。为什么？因为那是一张没有天真和自满神情的脸。她用手背摩擦着苏珊·贝内特的面颊,苏珊的父母缩短了他们的圣诞节中午聚餐,因为他们受到邀请,要去参加在一个在船上举行的晚会,恩盖蕾低声说。她一边说,一边坐了下来,一个膝盖上放着朱莉娅·斯诺,另一个膝盖上放着露西·鲍耶。

"你到家了。"迈耶说。

什么也逃不过他的眼睛,她想。

每一双眼睛似乎都对她闪着爱意,她自己的眼睛感到刺痛。这种匈牙利酒是什么东西?她的热力弥漫了她的全身。她又喝了一杯。

就在孩子们被放到床上之前,艾达走向教室里的钢琴,弹了一点儿莫扎特的《妈妈,请听我说》,他们马上全都想唱歌了。当然了!这是婴儿曲,"闪啊闪,小星星。"就连婴儿也哼唧起来。几滴泪从哈德莉明净的粉白面孔上流下来。思乡病,她觉得,她思念那些湖泊,思念她自己金色的童年。

弗兰克感觉轻松。当他的母亲坐在钢琴边时,她离他是那么遥远。这一次,她的眼睛终于不用再盯着他了。但是,作为一个小孩子,他过去显然经常爬上她的膝头,让她无法再弹奏下去。现在,他喜欢观察她,不焦虑,不恼火,什么也不需要。他多多少少明白,她做得非常好。在这方面,他尊敬她、欣赏她。这似乎解释了一切,解释了他们的外来性,解释了他们在另外一个国家里的受害状况,这给他们带来了荣誉。他希望艾尔莎能在这里,听到她的弹奏。

"可怜的女孩儿。"迈耶一边观察着艾达,一边想,"可怜的女孩儿。"他看到她的嘴放松了,仿佛受到了控制。在过去,这张痛苦的小嘴通常叼着一根香烟,她上次给别人弹奏是多久之前的事情了呢?自弗兰克生病以来,他就没有听见过钢琴声。

对迈耶来说,音乐——童年时代哀婉的歌曲,仿佛是一首哀歌。为了在这次瘟疫中患病的所有孩子,也为了那个不久前他们离开玛格丽特公主医院时他碰到的那对父母。那对父母哭泣着,母亲攥着一只泰迪熊。

护士长宾尼非常安静地待着。她很少听音乐,也从不坐下来放松。只是到了晚上,把头放在枕头上,她才听一下。自从到"黄金时代"生活以来,她甚至连收音机都没开过,算得上一个总是试图睡觉的人。如果有人问她,她会说她喜欢舞曲,探戈舞曲,《背叛》《我心中有一首歌》,那是某种让你动起来的东西。艾达的专注、安然和准确让她感到吃惊,让奥丽芙想起她引以为豪的那些技术,想起正在工作的一名优秀医生,想起安排一个躯体的护士们,想起了她自己的灵巧和判断力。

艾达弹奏完了那支曲子,把手放在膝盖上,低下了头。奥丽芙鼓起了掌,她记得弗兰克说过,他母亲会弹钢琴,但她从未信以为真。很多人都试着弹过钢琴,但是,她现在明白,弗兰克的母亲是个专业人士。

由于奥丽芙习惯于把情感和实际结果联系起来,于是她想到了音乐会,想到了募款人,想到了"黄金时代"为即将到来的皇室访问举办庆祝活动!女王的音乐会!她仿佛看见了海报——"门票一镑,可优惠五先令。"

那些在就寝时间返回"黄金时代"的孩子疲惫不堪,寡言少语,心不在焉,孤单、寂寞。与他们相比,在"黄金时代"庆祝圣诞节的孩子显得要快乐很多。

艾尔莎面色苍白,有了黑眼圈。她没向任何人打招呼,径直上了床。弗兰克感到一种没有道理的满足,就好像她已经发现她属于这里,愿意和他在一起,而不愿意和家人回去。

他们已经忘记了他们身处灾难之中,直到他们回了家。过去常去的地方、玩具、书籍堆在他们周围,那是过去生活的遗迹。兄弟姐妹已经占了他们的自行车、床,占了他们在家庭里的位置。一些家人把他们当婴儿对待,甚至要喂他们了。其他家人,如马尔科姆·普尔的父亲,则盼着他们取得了较大的进步。当马尔科姆回到男孩儿病房时,出现了一个难堪的场景。他累得说不了话,立刻躺在了床上。

"站起来,我的小伙子!"他的父亲带着怒气低声说,仿佛已经到了忍耐的极限。"和我道别的时候,要站起来!握手……你应该那样。你走路的时候需要的毅力要多一点儿……我的孩子!"

男孩子们沉默不语。马尔科姆又躺下了,胳膊、腿根本动不了。普尔先生走了出去,手攥住又松开,他的绉胶底在被擦得发亮的地板上咯吱咯吱地响。在那一夜其他的时间里，马尔科姆的床再也没有发出声响。

当普尔先生经过时，护士长宾尼突然从办公室里探出头来，问普尔先生她能否说句话。等他离开时，他的头好像缩进了他的衣领里。他打了方向盘，按了几分钟喇叭之后，车才启动。

只有小阿尔伯特·萨顿哭了，因为他不想回来。他才七岁，是一对英国移民夫妇的六个孩子中最小的一个，也是唯一一个出生在澳大利亚的孩子。他哭着要父母、四个哥哥和一个姐姐，他们全都陪着他回到了"黄金时代"。他们围着他的床站着，一大群人全都强壮、白皮肤、黑头发。

"喂，我们的阿尔伯特，眼泪不会让你变得更好。"他的父亲说。

"你很快就能回家了，亲爱的。"他的母亲说。

但是，他的姐姐丽兹准确、戏剧性地扑向他，把他拖起来，脸贴脸地和他在房间里跳舞、哼唱，仿佛他是她的男人。她做梦似的闭上了眼睛，面如红花，长长的头发垂在她的后背上。男孩们在床上注视着，屏住了呼吸。弗兰克几乎感到她温暖的脸颊也贴在他的脸颊上，他不由得打了个寒战。这和他过去看到他母亲的朋友奥黛丽·辛格曼的感觉一模一样。即使他相当大了，奥黛丽也会把他放在膝头。离她那么近，他能够感觉到她的乳房，感觉到她身体柔软的深处的搏动。

"丽兹的小男人。"当姐弟俩在房间里跳舞时，弗兰克听到阿尔伯特的父亲说,"打他出生的那天起……"

丽兹把阿尔伯特放到了床上,对着他的耳朵说了几句话,他不动了。接着,就像一群鸟一样,萨顿一家全都站了起来,在鞋子的"咔嗒"声里消失在了门外。阿尔伯特用枕头盖住脸,假装自己不在那里。

"总是这样。"在门厅里向戈尔德夫妇表示感谢时,护士长宾尼说,"圣诞节总是令人紧张不安。"她个人觉得圣诞节很空洞,必须让自己活跃起来。"1954年好运!"在他们出去后,她一边关门,一边笑着说。当某件事情结束后,她想,新的事情就接踵而至。她听到从病房里传来的孩子们炫耀自己的父母的声音,她拍着手走向男孩儿病房。

奈拉回到了厨房,正在擦拭长椅。戈尔德夫妇干得不错,但她需要打上自己的烙印。"像一只猫舔自己的窝。"诺姆·怀特豪斯说,他注视着奈拉重新放置的锅碗瓢盆。"方式优雅啊。"他走到门口的台阶上,去喝最后一杯茶。

"圣诞节的星星显得这么亮,有点儿搞笑。"他喊了一嗓子。

奈拉拿起他的杯子,清洗了一下。"那是因为工厂的灯灭了。"

"你在醒着吗?"透过女孩儿病房开着的门的门缝,弗兰克低声说。熄灯已经二十分钟了,但他还是睡不着。一天都没和艾尔莎说话,他不习惯。他想发现她忧伤的原因。如果她不回答他,那她要么睡了,要么不想聊。不管怎样,他值得冒一下险。

"没呢。"

他勉强能听到她的声音,那并不完全是邀请,但他的心因为放松而怦怦直跳。假如没有艾尔莎,他会去哪儿呢?他又怎么能够打理他怀有的这些情感呢?她是他的归航点,是他要返回的地方、他的逃避之处、他的避难所、他的公园、他的河流、他的轨道。就连和她分开大半天,也会让他心神不宁。他现在把他遭遇到的一切都看成了领着他走向她的向导。事实证明,一切都是恰到好处的。

他把所有这些思绪都匆匆地记在了处方笺里,为的是将来参考。沙利文曾经说,他的笔记是在为一组十四行诗做准备。弗兰克吃不准他的诗会采用哪种体裁,但他知道它的标题,即"献给艾尔莎"。

他小心地把拐杖的每个橡皮尖儿都牢牢地拄在磨光的地板上,一步一步地转过了门。她指了一个地方让他坐下,在她的腿旁。她的腿被夹板夹着,直挺挺的,盖着被单。

弗兰克收起他的拐杖,把它们靠在她的床头。她的头靠着她的枕头,她没笑,但眼睛冲着他闪着光。他顿时明白,她一直在等他。

她想告诉他某些东西。

"你运气好。"

"为啥?"

"你没有兄弟姐妹。"

现在他胆子大到足以做他早就计划做的事情。他靠近她,转动身体，身体半向后仰，用手把他虚弱的左腿放在床上，然后再放他的右腿。最后他侧躺下来，慢慢把他的头降低到枕头上，挨着她的头。

"为什么那就是运气好？"他们并排躺着，沉默不语，也没有看对方。他的手背正好擦过她的手。他的心怦怦直跳。

她盯着天花板，用低低的声音、迅捷的语速给他讲了她发病的故事。

在12岁后，每个星期六的上午，艾尔莎都要去科特斯洛网球俱乐部上网球课。她父亲认为，知道如何打网球是一种重要的社交技能。

"结识适当的那类人。"弗兰克说，他可能做不到这一点。他生命的很多时间都是在大人的陪伴下度过的，他了解他们的想法。

她的父亲星球六上午在银行里工作，有时候，她母亲会和他一起坐火车去城里购物，她留下珍让艾尔莎照看。等网球课开始了，莎莉不得不看着珍。

莎莉说，这不公平。艾尔莎喜爱网球，喜欢用家里的球拍，对着小屋的门，一连击打数个小时的球。而艾尔莎却从没把她期盼的机遇放在心上。

在一个星期六，旧生活里的最后一个星期六，艾尔莎击不了球了。她的胳膊感到疲乏，眼睛模糊，头疼。尽管她知道网球课学费不菲，她依然想请假。等她拐进了北大街，她连骑上坡道的力气也没了。她顶着烈日,推着自行车走了好长时间。等到她拐进他们家的车道,她突然倒了下去,头的一侧磕到了地上,一条腿被压在了自行车的下面,另一条腿压在车的上面。

莎莉一直在门廊里等着。她背着胖珍,大步走上车道,站在她的面前。

"你迟到了!"

艾尔莎没有动。

"该你照看珍了!"莎莉喊道,"起来!"

她踢了艾尔莎,推了艾尔莎从车把处伸出来的胳膊肘两三下,还推了艾尔莎压在踏板上的脚。珍哭了起来,艾尔莎没有动。"起来!"莎莉不断地喊叫,踢艾尔莎。到了此时,她也哭了。珍张开嘴巴,尖叫起来。

莎莉每踢一脚,艾尔莎疼痛的身体就战栗一次。我肯定出大问题了,艾尔莎想。

艾尔莎突然听到了霍夫曼夫人的声音。"喂,女孩子们,出什么事了?"她肯定是穿过茶树的树篱过来的。

一切都在安静地进行着。艾尔莎感到她的胳膊正在被抬离车把,她嗅到了羊脂的味道。有时候,霍夫曼夫人晒黑的、油腻的大手会在面粉里滚排骨,好做炖菜,她曾经观察过。她感到她的腿被抬高了,自行车滑离了她。每一个动作都让她呻吟。

"莎莉,把宝宝放下,帮我把艾尔莎从这毒日头下移走。"

莎莉和霍夫曼夫人把艾尔莎拖起来,把她的胳膊放在她们肩上，半拉半拽，把她拖上了门廊的台阶。正午时分，屋子中央的餐厅最凉爽。她们把她放在地板上。艾尔莎转动她的头（后来，有好几个星期，她都再也无法转动头了），把它搁到了未点燃的煤气炉前的炉床上，把她滚烫的脸颊放在凉爽、闪亮的绿釉瓷砖上。她周围似乎发生了一场大骚乱。莎莉在扯着嗓子喊，珍在哭，霍夫曼夫人在门厅里走来走去，沉重的鞋子发出刺耳的声音，所有的声响都让她难受。接下来，她听到了救护车的警报声。

一阵微弱的哭泣声从婴儿室传来。艾尔莎和弗兰克非常安静地躺着，听着恩盖蕾的脚步声。恩盖蕾赤着脚下楼，把雷玛抱到了她的床上。

寂静降临了。由于防护网厂没有亮灯，这天晚上的黑暗比较浓重。没什么可说的了，弗兰克舒了口气，坐起来，慢慢地让他的腿从床上滑下来。这就像把他自己劈成了两半。他转向艾尔莎，低下头，迅速地吻了她的嘴唇，艾尔莎闭上了眼。

他抓住他的拐杖，立即离开，回到了男孩儿病房，上了床，颤抖个不停。他几乎无法相信他做的事情。就是那种感觉！他去够他的处方笺。

"我仍能感受到你的嘴的触感。"他写道。

后来，他一直睡不着，就想到了莎莉。他多少了解她一点儿，她被标上了记号，就像她的额头被粉笔画了一道儿，她顶着不受宠爱的人的标记。他是怎样知道这一点的呢？因为他也常常是不受宠爱的人，太经常了。

如果莎莉可以，她会把艾尔莎称作"完美小姐"。现在由于脊髓灰质炎，"完美小姐"现在出问题了。在她的卧室里，莎莉或许噘着嘴，尖着嗓子，虚情假意地说话，"每个人都说我很勇敢！我总是竭尽全力！"

对艾尔莎，他自己有时候也有这样的想法。

但是，她一再证明，她的善良是发自内心的，她从不炫耀。她的坚毅是她的组成部分，仿佛在很小的时候，她就决定要善良。为什么？为了保护她的母亲？出于幸存者的本能，他觉得玛格丽特有些脆弱。

当艾达和迈耶从圣诞节晚会上回到家里，房屋又热又闷。迈耶把喷头放在他小小的前花园里。他们打开了卧室的窗户。

"你觉得那个护士怎么样？"当他们脱衣服的时候，艾达说。

"哪个？"

"明知故问！护士长宾尼。"

"健壮，讨人喜欢，很能干？"

"吸引人吗？"

他摇了摇头，意思是说"马马虎虎""不差"或"不是我的菜"。他永远也不会够大胆、够愚蠢地回答："是！她很特别，她多少触动了我！"这绝不能说！即使是在开始阶段，在战争之前的那短暂的时光里，他们是布达佩斯富有魅力的一对小夫妻，他也是内向的，令人难以捉摸的。野花一直都会有，他永远也不会谈这一点。她一直会是他的妻子。

他把窗帘往后拉，好让空气进来。

"你累了？"当他们在月光中躺在枕头上时，他问。

"精疲力竭。你呢？"

"一样。不过今天还不错。"

"不错？我们的儿子在一家脊髓灰质炎医院里度过的第一个圣诞节？"艾达转过头来，看着他。这是几个月来第一次，她从迈耶的声音里听出了热情。

"不错。"他又说了一遍。

16. 游　廊

圣诞节后,一股热浪袭来。它如此剧烈,让人仿佛回到了战争年代。人们都在谈论它。山火使城市笼罩在烟雾之中,给人一种处在紧急状态的感觉。用水限制措施实施了,一切非基本活动都停止了。

在骄阳的炙烤下,诺姆·怀特豪斯拎着一个喷壶,在花园里徘徊,执行救援任务。小一点儿的孩子们再也不在小旋转木马上或戏水池里玩儿了。学校在放假,从前白天来医院的孩子不再来了。一些病人的家人丢下他们,离开城市,去海滨度假了。

丽佳离开了,去和她在达尔文的丈夫进行两个星期的航行。护士们帮助孩子们做行走练习。但是,就这段短暂的时间来说,日常的康复事务似乎还不如保持凉爽那样不可或缺。"黄金时代"静了下来,慢了下来,成了一个自给自足的世界。孩子们穿着短裤、背心，躺在床上，或读书，或画画，或玩游戏。老铜吊扇把热空气吹来吹去。在男孩儿病房里，沃伦·巴雷特组织了口水球竞赛，直到男孩儿们躺在那里，被口水浸透，如白痴一样大笑，护士长宾尼才对此发布了禁令。压抑感似乎日甚一日，婴儿们经常大哭，他们被固定在模子或夹板里的肢体黏糊糊的，瘙痒难耐。为了让他们凉快一点儿，护士们依次抱着他们去洗天使浴。

在下午茶后的六点钟，防护网厂的灯亮了。孩子们获准到外面去，坐在游廊上，直到他们累得昏昏欲睡。在他们上面的阳台上，护士们慢悠悠地吃着晚餐。她们的盘子发出的撞击声和她们一阵阵的大笑渗入了夏日的黑暗。在对面的房屋里，每个人都在吃饭。

失去了监管，孩子们恢复了活力，宛如日落时分聚在一个水坑旁的鸟儿。他们尖细的声音在暮色中回荡，这一次他们觉得自己是自由的精灵，在被暮色笼罩的游廊的宽阔木板上来来回回地跑，发出隆隆的响声。沃伦·巴雷特和马尔科姆·普尔打起了轮椅战，试图压坏对方的指关节。还举行了竞速，两个人一组，并且为大一点儿的孩子设置了障碍。令人意想不到的是，小阿尔伯特·萨顿居然是个小莽夫，他羞怯地对大家说，在家里，他们过去都叫他"脱缰马"。

接下来，吵闹的躲避游戏被组织起来了，不过用豆布袋代替了球。他们一直玩儿到不可避免的事情发生，如一个人被击中了，一辆轮椅翻了，一个小女孩喊叫起来。于是，恩盖蕾、哈德莉·邓特或特里克茜·史密斯到了，让大家安静下来。特里克茜·史密斯是新来的护士，大块头，给他们讲过在一座农场成长的故事。那座农场位于一个小麦产区里。

那天傍晚的晚些时候，道路对面房屋里的住户都在注视着他们。在吃过晚餐后，那些住户坐在外面的门廊上，伸着腿，自娱自乐。两个男孩儿和一个大块头女孩赤着脚，在阿尔弗雷德大街上打板球，他们的声音在静止不动的空气里显得很响。他们有必要这么吵吗？他们好像是在炫耀他们有多壮、多完整。有时候，他们只是在附近徘徊，眼睛直勾勾地看着。

在这些人的注视下，"黄金时代"的孩子们再次把他们自己看成了罕有之物，看成了得不到帮助就动不了的受损生物。他们准确地意识到，这是为他们重返世界所做的准备。但是，与此同时，他们这一次也拥有了一段好时光。沃伦·巴雷特甚至喊住了一个吃着劲辣的薯片、骑车路过的男孩，请他给他们买两先令的薯片。孩子们掏出了他们的六便士或一便士硬币，凑够了钱，那个孩子也信守了承诺。按照各自出的钱，薯片被分开了。薯片上有热油脂和盐，很松脆，就像外面的生活的味道。自此之后，他们总是不断地向外张望，希望看到那个骑自行车的男孩。那个男孩现在成了一个神秘的人物，再也没有突然现身。

落日余晖渐渐消失，第一颗星星露出了脸。就像夏夜里各地的孩子那样，他们成了自由的精灵，大胆、无赖、怪诞，他们不计后果地大笑。月亮升起来了。防护网厂的灯光闪烁起来。

游廊是一种交错的存在，一半在里面，一半在外面。它让他们离正常的生活更近了一步。他们觉得自己放松了,这是他们作为病人的最后一段,他们踏上了回归世界之路。

弗兰克独自坐在游廊尽头,把处方笺放在膝头,表情严肃。他咬着铅笔,目视远方,眉头微皱,仿佛处在构思的阵痛之中。他的眼角总是瞅着艾尔莎。

他整个童年都是在和陌生人肩并肩地生活中度过的。这教会他如何保护自己。如果有你真的想要的东西,那么按你的方式观察、谋划,瞅准时机是比较稳妥的方法。

安·李九岁了,喜欢挨着艾尔莎坐。苏珊·巴内特十一岁,年龄和艾尔莎相仿,不过她是个善于讨好卖乖的人,善于巴结护士。露西·鲍耶六岁,朱莉娅·斯诺七岁,但她们只属于她们自己。

弗兰克想靠近艾尔莎,他可能嫉妒安·李。她太瘦小、苍白了,几乎能够融入暮光之中。她太害羞,以至于他几乎听不到她的声音。她太严肃,他从来没见她笑过。她有双乌黑的眼睛,小鼻子上令人难以置信地长着些许雀斑。她挺直的黑发被护士剪成了碗口状。她的头发很漂亮,她们说,她母亲是中国人。弗兰克把她当作对手加以留意,逐渐明白她和他一样,观察、聆听着周围的一切。

安·李来自吉布森沙漠边缘的威卢纳。她的父亲在那里的煤矿工作。他坐卡车和火车,穿越数百英里,把她带到了"黄金时代",把她抱到了里面。因为那时她只能爬,只能拖着自己动。

到现在已经有了几个星期,她借助两脚规、小拐杖,一直在走路，不过仍然不笑。

　　一天傍晚，一条白色的小狗跑过了游廊。它的短腿就像搅拌器，舌头耷拉了出来。孩子们兴奋起来，好像看见了一只丛林野兽。他们吹口哨、打响指，不约而同地扯着嗓子喊"来这儿，小子"。他们给一个碗里倒了几杯水，作为犒劳品放在了游廊的边缘。但是，小狗直挺挺地竖起它粗短的尾巴，跑进了夜色之中。

　　安·李开口了，声音低微，仿佛很久没有说过话，"那些马会渴的。"

　　"什么马，安妮？"艾尔莎问。

　　"野马啊。天不下雨，它们来镇上找水喝。我的母亲总是为它们把水槽注满。"

　　她的声音变高了。就是因为那些野马，她才来到了"黄金时代"，她说。在她患了脊髓灰质炎之后，她的父母把她从米卡塔拉医院接到了家里，那时她不能走路。一天，她的母亲被叫去帮一个邻居，不得不让她自己待半个小时。就在安·李在前室的地板上玩耍时，她听见马的嘶鸣，于是就爬向了开着的门。一只公野马正领着六匹马，向前院的水槽走去。

　　这一年，安·李的母亲一直忙着照顾她，忘了给水槽注水。

　　公马站在那里等着，高昂着头，鼻孔抽搐。然后，它走上鹅卵石小径，朝着她走了过去，站在了门口。它弯下头来靠近她，呼出来的阵阵热气覆盖了她的脸。它鼓起来的水汪汪的大眼睛看着她的眼睛。她知道它想问什么，"水在哪儿？我们要渴死了。

你为什么不帮助我们?"她不知道它在那里站了多久。最后它往后退了退,转过身,蹄声嗒嗒地再次走上了小径。其他马转过身去,跟着它。然后,它们一起开始奔跑,跑进了沙漠,尘土从蹄子旁边升起。

安·李爬走了,躲在了钢琴后面。

就在那时,她决定和父亲去城里,以便学会走路。她无论如何都不想再这么下去了。她一定要能给饥渴的生物水喝。矿工们传递一顶帽子,给他们凑齐了路费。

防护网厂的灯亮了,城市的灯火升了起来,像粉末一样悬在黑黢黢的空中。护士们匆匆忙忙地走下楼梯,带着孩子们回到里面。弗兰克尽可能长地待在游廊的尽头,他转过了背,处方笺被放在他的膝头。

"你是绕着我旋转的光。"他写道。

"黑暗笼罩着沙漠。"

17. 大　海

"黄金时代"的管理者断定，孩子们需要换换环境。在热浪袭来之后，他们变得安静、苍白起来了，行为、举止也良好到了危险的程度。要让他们不丧失信心，这很重要。于是，管理者提出了让孩子们到海边玩儿一天的治疗方案。

就在早餐后不久，红十字会志愿者朱伟尔夫人就开着救护车把所有的病人和职员拉到一个海湾。法比奥发烧，没去成，护士长宾尼要留下来照顾他，也没去。海湾就在郊区边缘之外，那里的大海总是波澜不兴，小海滩平坦地伸向海水，平日里空寂无人。诺姆·怀特豪斯开着轻型货车跟在朱伟尔夫人的车后面，货车上载着食物和毛巾。奈拉坐在货车里，剩下的护士乘坐特里克茜·史密斯的车，每个人都兴致勃勃的。

在通往海滩的道路的对面，矗立着一座古老的、安装着风雨板的农舍。农舍的屋顶是铁制的,游廊宽阔,还带着一个水箱,一株木麻黄树挺立在它的旁边。那个地方属于圣公会,为了慈善事业,圣公会把它租了出去。它的旁边是一条灌木山脊,山脊一直延伸到俯瞰大海的巨大沙丘后面。沿着游廊有一排排的铁床,附近的薄荷树帮着它们阻挡了风,每张铁床上都铺着松软的木棉床垫,放着灰色的军用毯子。曾经在铁床上睡过的年轻基督徒数不胜数。"黄金时代"的孩子们可以在这里换泳衣,存他们的拐杖、两脚规、支架。如果他们累了,可以躺在床上休息。

诺姆和护士们扶着、抱着、背着他们,把他们带到了海边。

治疗效果似乎立竿见影。孩子们坐在海岸线上,置身于潮涨潮落之中,或者被护士强壮的胳膊抱向了深水。一切都令人感到清爽。穿着泳衣的护士展示了她们的女性身体。太阳让孩子们苍白的脸上生出雀斑,凉水迅捷地给他们可怜的肢体注入了生命。他们大喊大叫,泼洒海水,忘记了陆地上的艰辛。

后来,他们就着冷牛奶,吃了奈拉做的厚厚的奶酪三明治或猪肉香肠三明治。他们的腿从游廊的边缘垂了下去,摇摆着。他们开玩笑,喊叫,心情舒畅,享受着在他们的肩头上流淌的温暖。他们周围的开阔让他们的心情更佳,他们的肺充满了新鲜的空气。阳光照在他们细小的四肢上,照在他们眯起来的眼睛上,照在他们赤裸的白色额头上。

只有艾尔莎静默不语。这是她的世界,大海和它的白色沙丘,沙丘后面的街道,都是属于她的,她曾经在那些街道上生活、骑自行车。她既感到若有所失，又感到若有所得。在来这里的路上，朱伟尔夫人甚至开车经过了北大街。透过救护车的后窗，艾尔莎瞥见了她家的小房子。小房子蜷缩着，为了隔热拉下了窗帘，仿佛睡着了。门厅旁树木的叶子落下了，像脏抹布。

她没有把握地站在平静的水中，无法放开诺姆的胳膊，这让她感到震惊。她过去最喜欢狂暴的大海，喜欢与风浪搏斗，如果摔倒了就自己站起来。然后，她会湿淋淋地骑车回家。尽管是下坡，可她连刹车都不踩。

在休息时间，她模模糊糊地意识到了她将来能做什么、不能做什么。她将再也不能骑着车绕着河去珀斯，或在有风的日子从自行车上摔下之后站起来。

在"黄金时代"，"从不"是一个不允许说的词。但是，既然她已经在行走，她就经常低声地说这个词，为的是让自己为再也不能做的一切做好心理准备。

她的自行车停在家里车库的后面，那是一辆马尔文牌的二手自行车，但被喷成了银蓝色。它太像她的坐骑了，对她来说，它的前灯是个鼻子，车把是鹿角，链条盒的形状像翅膀。它是会飞的坐骑，是她十岁生日时收到的礼物。莎莉很快就十岁了。她现在在骑那辆马尔文吗？她的父母可能不会这么说，但他们会想，不需要再为莎莉买一辆自行车了。艾尔莎的在车库里……她再也不需要它了……

与此同时，弗兰克躺在房屋另一侧游廊的一张床上，感觉一首诗即将来临。他躺在那里,想静下心来。他一进入这个古老的地方,就知道这里有一首诗。他感到身体深处有一种兴奋在蠕动。那赤裸的木质地板和墙、灰色的毯子、茂密的灌木丛,让他想起了他们刚到澳大利亚时待过的军营。这就够了,不需要更多。刚好让你知道你相当于什么,那是他的父母说的。一连数个星期,他们一根接一根地抽烟,脸上没有一丝笑意。他看到了他们的失望,然而他只对他周围的一切感兴趣。当迈耶和他在一起时,他感到满足。那首诗必须把这一切都包含在内,他正在等它的第一行。

海风吹来了,薄荷树沙沙作响,在游廊上留下了斑驳的影子。曾经有一个湖泊,海一般大,有沙滩,有木质的消夏房屋,有松树林。弗兰克没有关于它的记忆,但带着"巴拉顿"这个词,就像带着一种影子般存在。

接下来的一切都发生在另一种语言里。他现在只知道几个词。艾达在和迈耶交流秘密、和匈牙利友人交谈时使用匈牙利语,但他们想让弗兰克说着英语长大。

英语让他兴奋,他想拥有它,用它来表达所有已经失去的东西。

这首诗是两个世界的纽带,水、树木、木质的墙……但这里的光却不同……怎样来表达各自的氛围……

他睡着了。

在午睡和下午赤脚戏水之后,护士给孩子们穿上衣服,再次支撑住他们、装上器械。奈拉的脸和胳膊被太阳晒红了,她在厨房的柴炉上热了一桶豌豆汤。孩子们吃了,这一次胃口大开。他们沿着前游廊的边缘坐着。他们接到指令,要观察太阳沉到地平线的下面,看看能否捕捉到那种罕见的绿色闪光。有时候,在太阳消失时,会出现这种闪光。奈拉说,那意味着你会心想事成。他们听见护士一边洗刷碟子,一边笑。每个人都心情不错。弗兰克渴望交上好运,他目不转睛地盯着地平线。接着,所有的孩子都喊叫起来,说看见了绿色的闪光。也许他们都许下相同的心愿,希望再次成为一个正常的孩子。

他们的治疗很彻底,这一整天没有虚度。现在,在黄昏时刻,他们等待着,想看见晚星在地平线上升起。一艘渡轮正好经过,他们能够看见甲板上的光和两个小烟囱,那也许是英国女王和公爵乘着皇家邮轮"哥特号"前往悉尼!他们挥手、欢呼。

当弗兰克再次环顾四周时,艾尔莎已经消失了。

整整一天,他都觉得自己离她很近。他知道这是她的世界。她的眼睛宛若碧水,头发苍白似沙。但是,艾尔莎一直寡言少语。

一只孤独的海鸥盘旋着、鸣叫着。他知道,她感到忧伤。他拄起拐杖,绕过屋角,走向他下午在那里睡过的侧廊。她斜倚栏杆,头微微低下,手捧下巴,拐杖在一边放着,等着他。有那么一会儿,峡谷里的灰绿色灌木闪闪发亮。空气里飘荡着的小鸟疯狂地叽叽喳喳。晚星就在那里,在黑色的沙丘高高的上空闪烁着。

就在我觉得
我再也找不到你时，
你出现了。

为什么这些词语排列仅在他看到艾尔莎时才出现？爱产生在转瞬之间，就像灵感。他触到了口袋里的处方笺，他依然没能完成《我在世上的最后一天》。他现在写的大多数诗是为艾尔莎而写的，它们可以被称作"我在世上的第一天"。

他站在她的近旁。在戏水之后，她的皮肤散发着凉意，她正在向灌木丛之外眺望。灌木丛生机盎然，它里面的生物在进行疯狂的睡前闲聊。

"我希望我们能睡在这里。"她说。

"我也是。"

"在野外，就像动物。"

"如果我们是动物，那么你将是一匹淡金色的马，长着白色的马鬃。"

"一匹帕洛米诺马。你呢？"

"狐狸，跟着帕洛米诺马。"

她盯了他一会儿，然后笑了。

弗兰克没有笑，他说的是心里话，他真的想用他的鼻子在她闪亮的皮肤上来回嗅。

"我们现在用四条腿走路。"他一边说,一边挥舞他的两个拐杖。

那是他一直在推敲的一行。

她又笑了。这个搞笑的男孩子,犀利、机警、有个性,真的不像个男孩子,或者不像她到目前为止认识的任何一个男孩子。从一开始,弗兰克的所作所为就像他们是一个秘密俱乐部的成员。那是一个二人俱乐部,而她只是被选中的。他个子没她高,她怀疑他也没她健壮。他们都出生于1941年,弗兰克生于1月,她生于7月。上个星期,他父母带着一个生日蛋糕来到了"黄金时代",每个人都吃了。弗兰克现在13岁了,他们互相知道对方的父母、过去的教师和朋友。他们互相知道对方喜欢或厌恶的东西,如食物、书、音乐、电台节目,他们互相知道对方的皮肤和呼吸的气味以及对方嘴巴的味道。有时候,远离了其他人,他们之间会出现一道鸿沟,几乎令人苦恼。他们默默无语,像磁铁一样互相靠近,跨越鸿沟亲吻。现在,她一看见他,心就怦怦直跳。

她对他有一种类似饥饿的感觉。她知道,他观察过她。他的第一个念头总是抓住他想要的东西,从不试图隐藏。他吃果酱布丁先吃里面的果酱,如果他觉得没人在看着,他还会伸手拿另外一个。他吃朱比莉麻花上的糖衣,吃松饼上厚厚的冷奶油。他知道他喜欢什么,就拿什么。这难道是因为他还是个小孩子的时候经历了那场战争?

他总是在他的旧处方笺上写句子。他说它们是诗,但它们不押韵。诗歌能是那样的吗？她有点儿怀疑他写诗只是装腔作势。

她不知道她喜欢他有多深。只要她试图想这一点，她的脑子就溜号儿。她挨着他安静地坐着，像个女人那样把手叠在一起。

但是，如果他离开了，她会思念他，一切突然变得令人厌烦。一盏灯熄灭了。每天早上当她醒来时，她都用心聆听，想听到他的声音。她通常能够在大楼里的某个地方听见他的声音。他爱说话，他经常说他和某人是不是朋友，这对他很重要。他总是时断时续地和某个职员关系不错，如哈德莉、奈拉、西蒙斯夫人。艾尔莎是他迄今为止拥有的最好的朋友，他说。

她知道，只要她离开一个房间，或消失在游廊的一个拐角，他就会来寻找她。

独自一人时，她有时会练习他发的元音的小小的转音。他时不时地把"v"发成"w"，像个新澳大利亚人。

在刚过去的这几天里，她碰到了一种情况。如果她看不见他，她就会想他。他让我魂牵梦绕，她想。

护士们在呼唤他们。

"想听下一行吗？"当他们离开时，他说。

"想啊。"

"'我们正在慢慢地变成别的东西。'"

"你的意思是少年吗？"

他摇了摇头。

"是别的什么？"

"等我知道了再告诉你。"

他们拄着拐杖,肩并肩地走着。他们的手背轻轻地摩擦着。锻炼和新鲜空气补充了他们的血液,他们感受到一股火一般炽热的愉悦。

18. 一大口冷饮

"黄金时代"的前门总是开着,从早上六点诺姆·怀特豪斯送来牛奶瓶,一直到晚上九点。如果某个护士外出了,门会更晚才被关掉。谁会想去一个儿童脊髓灰质炎医院行窃?此外,护士长宾尼不想因为关门让有机会或有需要的父母见不着他们的孩子,也不想把外面的世界的生活和声音挡在门外。入口大厅里有两排长椅,如果每个人都没空,你可以坐着等。

下午过了一半的时候,护士长宾尼走进大厅,看到迈耶坐在那里,脚边放着一木箱瓶子。

"戈尔德先生!今天所有孩子都在海滩!"

"我忘了!"迈耶举手拍了拍他的额头,"我正开车经过托马斯街,突然想,管他呢,我要犒劳一下孩子们。"

"法比奥在这儿,但他病了……这里只有法比奥和我,我猜。"

在他后面,她看见一辆绿色的卡车停在阿尔弗雷德大街上,卡车的驾驶室门上用黄色的字母印着"比克弗德冷饮"。

"那就是比克弗德的那种……"

"比克弗德的可以去死了!这是我送的礼物。"

"等他们回来就发给他们!"她灿烂、优雅地笑了笑,对捐赠人就该这样。

她领着他向厨房走去。那种安静有点儿奇怪,光线畅通无阻地沿着走廊,在磨光的油毡地毯上流淌。过道儿的门开着,让人可以窥见空空的床、白色的空间、井然的秩序。

他把木箱放在了奈拉的冰箱边,靠着开着的门蹲下,开始把比克弗德的姜汁啤酒瓶子往里面的空余角落里塞,瓶颈朝下,冰箱原本就乱七八糟地塞满了东西。

"小心,戈尔德先生!"出于某种原因,他的行为让护士长宾尼想笑,"对奈拉来说,这个冰箱是她的命。"

迈耶留了一瓶。他在狭窄的冷冻室托盘周围发现了冰块和两个玻璃杯。在他倒饮料的时候,杯子里泛起浅棕色的泡泡,发出"嘶嘶"的声音。"在这么热的天喝上一杯,真的是太爽了。"他说,"干杯!"

她笑了,她喜欢他用他的口音说当地的话。"干杯!"她说。他们碰了碰杯子,顿时感到了轻松。

他们坐在桌子上,他给她讲了他换工作的情况。自行车厂的一个同事的弟弟正在办冷饮厂,需要一个司机。"我告诉他我是个司机,然后在午休时间匆忙去考驾照。感谢上帝,我通过了!在匈牙利,我一直在开车,我喜欢开车。但是,老实说,我这辈子还从未干过司机呢。"

"你在匈牙利做什么?"

"经营家族生意,进出口。"

"你喜欢这种工作吗?"

"那是我的理想,我觉得!我一个人在外面,自由地移动、东张西望,我正在开始理解这座城市。"

"理解什么?"

"它是它自己,它不像别的任何地方。"

一个漂亮但有点儿不协调的女人。他一边想,一边看着她宽阔、光滑、闪着光泽的脸颊,看着她丰满、沉着的嘴。为什么不协调呢?为什么会在这个国家对美感到惊奇?到处都有奇异的美,甚至是在一家儿童脊髓灰质炎医院里。这就是让他感到快乐的东西吗?美一直在这儿,只不过他没有发现而已,仿佛旧世界终于把它的双手从他的眼睛上拿开了。

一个自然人。当他看着她时,他想到了这个词。她的一切都是丰盈的,她额上浓密的蜜色头发像波浪一样向后卷着,她身体强壮,圆滚滚的,致力于看护的行动。她的健康散发着温暖,仿佛是给她的职业做的广告。

她身体内有一道光。

他不断地回想起一些奇怪的人,他怀念一些他不认识的人,就像他们曾经拜访过他。在过去的几个星期里,他一直看见、梦见他的弟弟亚诺斯的新教女友苏茜。他想起她冷静的处事方式,她男人式样的短裤和衬衫,由于肺部虚弱而产生的小咳嗽。她是一个女英雄,她帮助过他们所有人。

好人不同凡响。

当他的目光碰上这名护士的目光时,他能感到自己的脸上流露出一种表情。那种表情表明他已经遗忘了过去,就像有一个丝一样光滑的面具从他的头上滑下来,抚平了他的皱纹,显示出了他下巴的轮廓。透过面具,他的眼睛观察着。他的眼睛犀利如猎人的眼睛,带有一点儿赌徒讥讽的目光,他的嘴唇微露笑意。

一切都仿佛是无法挽救的过去的回声。

"我得走了。"他一边说,一边放下杯子。

要像观察孩子那样观察父母,她告诫她手下的护士。戈尔德夫妇是安静的人,他们的欢乐里有某种冷淡、谨慎、脆弱的东西。忧伤已经让艾达的脸棱角分明,现在看着迈耶·戈尔德的眼睛,有那么一会儿,她感觉到了他心里难解的生活,感觉到了他曾经深爱着和放弃了的一切。

"吃个三明治?"

"谢谢。我吃过了。"

"喝杯茶?"

迈耶点点头,压制住把她拽到他膝头上的冲动。他的双腿感到刺痛,那是一种消失已久的感觉。他看着她找到火柴,点着煤气炉,放上水壶,动作不完全像她在病房里那样坚决、迅捷。这是一个放弃了家庭生活的女人吗?

"你在别处有自己的厨房吗?"

"没有。我就在这里生活。"

"一个人的时候,你去哪儿?"

"去海滩。"她笑了,对他认识到这种需求感到高兴。

"你在海里游泳?"

"天气变暖的时候会去。有时候游得很远,但到了某一点时,我不得不让自己返回。我沿着沙滩走数英里,在阳光下睡着。我试图远离别人,越远越好。"

他突然想起了几个星期前的一个场景。火车驶入利德维尔火车站发出沉闷的响声,就像撞上海的边缘的波浪。他想说,和我躺下来。

一阵嗡嗡声从婴儿室传来。

"信不信由你,那是法比奥在唱歌。他肯定感觉好点儿了。"她站在门口冲迈耶微微一笑,"谢谢你送来的冷饮。"

当他走过婴儿室时,"嗡嗡"声已经停止了。他听见了她爽朗的笑声,宛若阳光。

他再次走进了酷热之中,坐在了卡车的驾驶室里。他看到"黄金时代"高高的砖砌烟囱在后视镜里后退。他想,在任何一个屋檐下,在任何一个时间,都总有一对生物在互相爱慕着。

一旦你体验到了无意义,你就会丧失奖赏、惩罚或传统美德的观念。

他只知道,他受不了再失去一种东西了。

当他进入北干道时,热度和亮光直接击中了他的眼睛,他得买太阳镜了。但是,这里的道路宽阔、平坦,行在上面稳稳当当的,这让他感到安慰,它们适合他稀薄的精神。

向北望去,房屋低矮、拥挤,屋顶从沙丘刺眼的光里显露出来。

我想知道是否有个诗人在这里的某个地方长大,迈耶想。

19. 丽　佳

　　距离丽佳和她丈夫从达尔文度假返回的日期已经过去了一个星期，这太不像丽佳的作风了，丽佳一向一丝不苟，一向致力于孩子们的进步。

　　一天傍晚，所有的孩子都聚在游廊上，护士长宾尼走出办公室，告诉他们她刚接到丽佳的妹妹打来的电话。丽佳和她丈夫遇到了航海事故，他们乘坐的游艇沉没了，丽佳消失得无影无踪，她被认为溺水而亡了。

　　护士长宾尼不信教，不能接着说"丽佳上了天堂"。一些护士觉得她们本应该祈祷一下，一些护士认为根本就不应该把这些告诉孩子。但是，护士长宾尼厌恶保密和窃窃私语，认为当孩子们在一起的时候，最好让他们立即听到真相。哈德莉和恩盖蕾哭红了眼，拿出了几杯热牛奶。她们把小一点儿的孩子带到里面，准备让他们睡觉。弗兰克和艾尔莎在外面柔软、温暖的空气里多待了几分钟,然后,他们就能够在不受他人妨碍的情况下,一起拄着拐在走廊里行走。他们的肩膀碰到一起,手彼此轻触,这让他们感到慰藉。

当他们肩并肩在相邻的洗脸池刷牙时,弗兰克问艾尔莎,她是否觉得一条鲨鱼吃了丽佳。艾尔莎漱了漱口,把水吐出来,和他对视了一眼,点点头表示,是的。

一位临时理疗师来和他们一道工作了。她叫茉伊拉,刚从苏格兰来。她有着红褐色的头发,有着迷人、有光泽的皮肤,举止敏捷但脾气不错,说话悦耳动听。"啊,你是个十分漂亮的小孩子!"有时候,孩子们听不懂她说的话。他们花了一些时间才接受了这个苏格兰物理治疗师(她刚开始是被这么称呼的),因为他们怀念丽佳,怀念丽佳忧伤、黑色的大眼睛,怀念丽佳对他们的担心,怀念丽佳贵在坚持的教导,怀念丽佳所谓的"毅力"。在他们锻炼的时候,他们仍能听到丽佳的声音,"想象着你脚里的那些肌肉!让它们回来。"

他们思念她,就像思念一位母亲。

这似乎一再提醒他们,他们是孤独的,到最后,能否战胜脊髓灰质炎取决于他们自己。

20. 女　王

在一两个星期里，由于脊髓灰质炎，三月份的王室访问似乎不会发生了，这一可能性天天上报刊头条。自一月以来，珀斯报告了 96 个脊髓灰质炎的病例。为了欢迎女王，原本计划在表演场举办一次由三万名学生参加的游行。结果，这次游行被取消了，人人都在谈论王室访问。在"黄金时代"，尽管隔离早就被解除了，但孩子们仍感到内疚。

最后，访问决定如期进行，但在珀斯的人们和女王夫妇之间，仿佛有一堵无形的墙。"哥特号"将停泊在弗里曼特尔，女王和公爵将在船上睡觉、吃饭，女王陛下本人不会接受礼物或花束，不会和人们握手。无论何时，女王和人们之间都要保持一定的距离。

一天黄昏，当地扶轮社租了一辆巴士，载着"黄金时代"全体人员，其中包括诺姆、奈拉和苏格兰物理治疗师，去看看他们谦卑、内向的小城是怎样被改造成举行宏大庆典的大街的。巨大的发光拱门横跨圣乔治大街，顶部装饰着闪闪发亮的王冠。女王夫妇的巨大肖像被"米"字旗包围着，覆盖了建筑物的前面。标语从城区的每个窗户垂下来，上面印着"上帝拯救女王"。

每次进入"黄金时代"的大厅，孩子们都会停下来，凝视年轻的女王和公爵的大幅彩色照片。这些照片被装在镀金的镜框里，就挂在他们头顶的上方。他们已经熟悉了女王的脸，她无所不在，就像一位美丽的教母、天使或电影明星。她脸颊圆圆的，头发卷曲，一笑倾城，洋溢着少女般的美。她正直、板着面孔，当过战士的丈夫保护着她的温柔和善良。小阿尔伯特·萨顿把她称作"我们的女士"，就连忙碌的护士也会在肖像前驻足。

"你难道不觉得他为她痴狂？"弗兰克听见恩盖蕾说，"要不这全是装的？"

每个人都突然感到了要竭尽全力做到最好的冲动，仿佛他们每个人都将接受王室的检查。路易斯不再吮大拇指了，法比奥停止尿床了。艾尔莎上着两脚规，拄着拐杖或抓着安·李的手走路。弗兰克拄着一根手杖到处走。在有些日子里，他不得不坐回轮椅，因为他运动过度了。

尽管有用水的限制，诺姆的草坪仍然被料理得绿意盎然。在一把伞的庇护下，粉红的玫瑰花盛开了，芳香四溢，仿佛整个城市都在等着王室的认可。

只有戈尔德夫妇似乎无动于衷。

这些殖民地居民是多么狂热的君主主义者啊,迈耶想。他们就像一座巨大岛屿的海岸上的一个失落的部族,忠诚地等待来自祖国的一艘船。

他们理解那些古老的欧洲国家的遭遇吗?

苏珊·巴内特正在制作王室访问剪贴簿,职员们给了她报纸和杂志。她的父母迪卡和罗德尼已经受邀参加在政府大厦举办的皇家游园会。苏珊说,这是因为她父亲是个公仆。她的话让弗兰克感到好奇,难道巴内特先生把自己租给了公众,充当了清洁工、园丁?

一天傍晚,罗德尼·巴内特和迪卡罕见地来到了"黄金时代",恰好让弗兰克看见了。罗德尼是个长着孩子脸的成年男子,面颊红润、饱满,有着一头波浪状的黄头发,上身穿褐红色的条纹夹克,下身穿白裤子,脚蹬白鞋子。迪卡喜欢微笑,总是露出她全部的牙齿。她所过之处留下一缕芳香,房间里的孩子们整夜都能嗅到,但苏珊的长相不如她的父母。

艾尔莎突然想起,苏珊的泳衣甚至比艾尔莎自己的还破旧、还松,松得让苏珊难为情。

探视者常常忘记,床帏虽然挡住了视线,但挡不住声音。迪卡和罗德尼在苏珊的床帏后面大声喧哗。他们是参加完他们所谓的"鸡尾酒会"的庆祝活动后来这里的,他们的兴奋之情溢于言表。艾尔莎听到了他们谈论的一切。他们在谈论谁受邀参加了游园会,谁又未获邀请。"我们觉得吧,鉴于你在这儿,我们最好被从名单上划掉。"迪卡对苏珊说。

他们离开时向每个人都挥手告别，好像名人一样。他们承诺游园会一结束就过来，告诉苏珊游园会的一切情况，他们向苏珊抛了飞吻。

游园会举行的那天下午，苏珊躺在床上，既读不了书，也睡不着。只要谁愿意听，她就给谁讲她母亲穿着打扮的详情，如青蓝色薄纱、奶油色绒面小包和鞋子、翠绿色羽毛制成的无边女帽。她完成了那一天的剪贴，一动不动地躺在床上，双目睁着，一直到熄灯后很久才闭上。晚上十点，当特里克茜·史密斯巡视时，她仍然醒着。

"如果我是你，我就再也不等了。"特里克茜严肃地说。苏珊发烧了，眼睛闪闪发亮。特里克茜给了她半片阿司匹林，偷偷塞给她一块巧克力。

但是，第二天，她又激动起来了，甚至比平常还要卖力。她帮忙，用轮椅推婴儿，给他们读故事，为小一点儿的孩子削铅笔。

巴内特夫妇在那个星期里来探视了。他们喋喋不休，仍然很激动。他们说女王气色很好，还聊了聊政府大厦的花园和他们在队列里结识的那对夫妻，现在他们已经成了朋友了！

艾尔莎听见苏珊说着"你们为什么不来"，苏珊的声音就像个小孩子。

巴内特夫妇立即明白了她说的意思。

"不是不来，是来不了！你是没看到那车水马龙的阵势！"

"坐起来，亲爱的，我给你梳梳头发。"

罗德尼口渴，去了厨房。他摇着头回来了。"那个奈拉！什么人嘛！我向她要一杯水，她指了指洗涤槽就背过身去了！"

朱伟尔夫人开着救护车，把"黄金时代"的孩子们拉到了玛格丽特公主医院外面的路边。在那里，他们加入了那个医院的病人的队伍。病人们坐在排成一排的椅子上，其中一些甚至躺在担架上。看到这动人的景象，女王有没有可能命令司机停车，像一个天使那样下来祝福他们，或至少向他们致以特殊的感谢？

那辆黑色的戴姆勒汽车出现了，前面有开着摩托车的警察护卫，那种兴奋感几乎瞬间令在场的所有人窒息。当汽车开过去时，孩子们看到一只戴着长长的白手套的胳膊，那只胳膊来回挥动着，就像某种机械之类的东西。他们还瞥见了公爵青春洋溢的微笑、在阴影中闪亮的牙齿、侧面坚毅的轮廓，所有的孩子都喊着："万岁！万岁！"就连弗兰克也是这样，而他对女王陛下根本没有什么感情。朱莉娅·斯诺和露西·鲍耶互相搀扶着，苏珊·巴内特的脸变白了，看起来她要吐了。

艾达这段时间没有来探视弗兰克，因为她几乎把所有的业余时间都用来练习女王音乐会上的曲目了。她还要试穿她的朋友朵拉·芬克做的一件新连衣裙，朵拉为维也纳的一个女装设计师工作。

迈耶说，每天早上醒来都能听到艾达弹奏的乐曲，让他感到幸福。

"她非常焦虑，弗兰克。她上次表演是在维也纳的营地里，你还记得那个音乐会吗？那个女高音，那个合唱团，那个魔术师。"

"我记得那个魔术师。"

"那是在1947年。从此之后,她好多年没碰过钢琴。"

自从在比克弗德干上新工作后,迈耶经常顺道来看弗兰克。在游廊上,他放松地坐在弗兰克旁边。在房间里,他则坐在弗兰克的床上。虽然都是短暂的探视,但他把弗兰克周围的一切都看在眼里。"就是想让引擎冷却一下。"他说。由于天气热,他穿着短裤、工作靴,衬衫的袖子卷了起来。在最炽热的那些天里,他戴着一顶廉价的、两侧帽檐上卷的草帽,就像个牛仔。他被晒成了深棕色,没有人会认为他是肤色苍白的弗兰克的父亲,或认为他曾经是个见多识广的人、一个商人。他的眼角已经有了白色的皱纹。

弗兰克说:"你的笑容比以前多了。"

"是吗?"迈耶正在给自己卷烟卷儿,"我喜欢在外边。在巴拉顿,当我还是男孩子的时候,我的日子都是在户外过的。"他把烟卷儿放进了他的口袋。那时在傍晚回家的路上,他总是很快乐。

"你看上去不一样了。"弗兰克说。

"你知道什么,弗兰克?过去似乎更遥远了。"

那是一种承认,直到那时,迈耶甚至都没想过这一点,它冷不防地抓住了他。然而,就在他说话的时候,他逐渐意识到,一切都变了。曾经临时的东西已经变得稳定了,曾经仿佛是世界尽头的东西已经成了世界的中心。他开始明白,这种经历非但不算坏,反而有其自身的特性,有其别样的神秘意义。这就是他需要的一切。迈耶把手伸进口袋,又抽出来。弗兰克熟悉他的所有动作,只要他有了想法,他就想抽烟。

迈耶大步走过游廊，一跃而下，没有走台阶。弗兰克注视着他。每当离开的时候，迈耶都神情愉悦。高高的积云把光变成了浅绿色。当比克弗德的卡车"隆隆"地驶过阿尔弗雷德大街时，狗叫了一路。

在女王离开的那天，一个"花卉展"被送到了"黄金时代"。那是曾经被放在一张桌子上供女王查看的众多花束中的一束，还没有被动过。每个人都给它拍照，或者剪下一截缎带留作纪念。那可是女王看过的花啊！

护士长宾尼代表孩子们写了一封信，向女王表示感谢。一个月后，她收到了女王的侍女帕梅拉·蒙巴顿夫人的回信。这封信简直变成了一个动物园里的动物，挨着女王的肖像，被放在大厅中的镜框里。

女王访问西澳大利亚未受传染，访问被媒体一致评价为"大获成功"。

然而，就在"哥特号"驶向印度洋一两个星期后，又有六例脊髓灰质炎病例被报告出来，这些新病例是从聚在路边欢迎女王的人群中感染的。

与此同时，1954年3月版的《时代》杂志在封面上刊登了一位年轻、英俊的犹太医生的肖像，他名叫乔纳斯·索尔克。在他的肖像下面印着一句话："是今年吗？"一年后，一个通告在世界各地被传颂，那是他的脊髓灰质炎疫苗得到了肯定。这预示着，孩子们的夏季瘟疫将很快成为过去。

21. 艾达和迈耶

在举行音乐会的那一天下午,迈耶像往常那样把卡车停在了纽卡斯尔大街比克弗德的院内,骑着弗兰克的自行车回家。在过去的那个星期里,他终于听到了钢琴的声音。艾达在女帽店工作半天,为的是能够在下午练习钢琴。当他回到家时,她又在弹奏莫扎特的那支曲子。一个不错的选择,他想。它可以吸引每个人,甚至是小孩子,或那些对古典音乐一无所知的人。他认为,观众中大多是对古典音乐一无所知的人。

他站在前庭,流着汗,衣冠不整,就是个普通工人的样子。有那么一会儿,完美的曲调让他呆立在那里。他甚至感觉到自己的身体有些疼,像尘埃那样在低低的阳光中旋转。

她的弹奏更加令人心悦诚服了,在练习了几个星期后,她的弹奏中出现了某种别的东西。那是什么呢?那种东西给了他过去那种激动的感觉,就像回到了他第一次听她弹奏的时刻。一种明快的、只属于她自己的节奏。她原本会驰名布达佩斯、维也纳以及整个欧洲。谁知道会出名到什么程度呢?谁知道她在多大程度上仍拥有那种力量呢?失去的时间太多了。她坚持认为一切都结束了,甚至对他在这里重新开始的想法都不感兴趣。"这里没有严肃音乐家的容身之地。"她说。她的事业留在了过去,就像欧洲那样。

他有时候觉得她喜欢这么说是因为这样讲比练习容易得多,那是她对命运的报复、对他的报复。为什么呢?难道是对他们的生活失望了?她的精神萎靡得让他气馁。他原本打算和她聊聊这些,但弗兰克碰巧生病了。然后就出现了紧急状况,他们所做的一切都处在危急关头。他们需要做个交易,当然了,不是和上帝做交易。

上帝不存在。

今晚的表演不啻为对弗兰克康复的感谢。感谢"黄金时代",也感谢命运。他们不能冒着忘恩负义的风险。他清楚艾达怎么想,就像众多艺术家那样,她也迷信。也许,那是应对天赋的变幻莫测的方式,是应对它造成的无尽痛苦的一种方式。她告诉大家,这是她最后一次表演,以后再也不演了。她以前也这么说过,那时弗兰克还在重症监护室里。她做了一个交易,用她的艺术交换弗兰克的生命。

当他走进房间时,她把头转向了他。她的脸看上去干巴巴、热辣辣的,眼窝深陷。她的头发被绾成了一个偏向一侧的发髻,灰色的头发全都显现了出来。百叶窗被拉了下来,空气不流通。她只穿了一条衬裙,肩膀看上去瘦而白。

"别停。"

"如果在家里,他们听见我这样弹奏,他们会把我扔出去。错误太多了!我若是想要为这做好准备,需要几个月的时间,迈耶。我真的不能弹奏了。这将是一场滑稽的音乐会,一种嘲讽、一个笑话。"

"家里。"她已经很多年不曾这样称呼过匈牙利了。她一直在谈别的某个地方,谈她在音乐中的位置。

"艾达,观众不会评判你。孩子们很激动。"

"你怎么知道?"

"我在返回的路上顺道去探视了。"

"你现在整天都在那儿。"她酸溜溜地说,"弗兰克看见你的次数比看见我的次数多多了。"

"艾达,去洗个澡,然后我们吃饭。"

"我必须练习,即使为了这些人。"她的尖脸能够轻易表达自以为是的优越感。她的嘴巴和鼻孔绷紧,目光冷淡、轻蔑。

"所有人都会对优秀的表演做出反应,即使他们不知道他们听的是什么。"

"如果你不练习就表演,绝对不可原谅,原因就在此,那是种罪过。"她转过身去,又弹起了钢琴。他最喜爱她强壮、灵巧的手指。她的手指是浅白色的,技术娴熟,指甲剪得短短的,那就是它们为她做的事情。头脑使音乐成为她的手的一部分,成为最能辨别是非、最慷慨的东西。

他脑袋里的嗡嗡声和轻松突然消失了,他正站在一间不通风的小房间内,聆听着他的人生中一切悲剧和美好的概括。

她总是能让他变回他自己,不过就那么一小会儿。

他走过去,站在她的后面,把手放在她的肩上。他俯下身来,对她耳语道:"你将给予他们某种可爱的东西。"

她猛地离开了他。

"我这才想起来!他们请求我第一个弹他们可怕的国歌。"她开始弹奏《上帝拯救女王》。

"我们的国歌。"迈耶一边说,一边去点燃硅片加热器,好让她洗澡。有那么一会儿,小火炉发出的呼啸让他想起了海滩上的风。海洋沉闷回荡的声音……这些景象来自哪里?天空、大海、海滩?它们仿佛一个一再梦到的梦。他想起了那个词——家。他把手放在了水龙头的下面,水温刚刚超过血液的温度。在最后几道阳光下,浴室百叶窗外紫色的夹竹桃花变成了深红色,红彤彤的。

他记得艾达在演出之后喜欢坐下来,喝上一杯白兰地。她单纯、安静,充满感激、轻松,她的皮肤变得很柔软。

他冲着客厅喊她来洗澡,现在就洗,否则他们会赶不上电车。他意识到,他喜欢这种忙乱、骚动。在艾达表演的时候,某种东西在他们之间重生了。

22. 音乐会

毫无疑问，他们尽力了。看到此情此景，艾达闭上了眼睛，呼吸了一下。她站在"黄金时代"厨房的窗前，看着那个四合院（三个边被厨房环绕的混凝土铺就的区域）、那条廊道、那座新的治疗大楼。诺姆和几个父亲从教室里推出钢琴，推下轮椅坡道，推到了四合院的中央。特里克茜·史密斯的未婚夫是个电工，他在护士站外边的消防通道上安装了一个聚光灯，正在调整它的方向，以便对准钢琴。租来的折叠椅在草坪上排成了一排，向后一直排到了那些挨着铁丝栅栏的凌乱的木槿。每个座位上都放着一个卷起来的节目单。节目单上要求，不到三曲结束，不要鼓掌。艾达太熟悉为没有经验的观众表演存在的困难了。

至少风已经停了。在户外的这个地方，防护网厂的震动声勉强能够听到……音乐会盖住那些声音。艾达关了厨房的灯，看着夜晚轻柔地潜入庭院。突然，她看到自己穿着黑裙子站在窗前，孤零零的，看着她的观众慢慢进来。这一刻，这种孤独是永恒的，无论你在哪里表演，为了谁表演。

她对可能发生的一切都保持警觉。巨大的不安又抓住了她，令她感到耻辱。

在为讨论音乐会而举行的会议中，一些父母也提出了其他建议，如让孩子们背诵、合唱歌曲。某个人提到，阿尔伯特·萨顿父亲差不多专门在酒馆和贸易厅晚宴上讲笑话。在讨论进行时，艾达抬起下巴，一直看着窗外。会议最后决定，那晚要举行一场钢琴独奏音乐会。

她想给予他们某种东西，某种他们会记住的东西，她想让孩子们知道钢琴能做什么。现在，她看到了自己的狂妄，只是太迟了。

护士们正带着孩子们进来，小一点儿的孩子穿着睡衣，坐在前排，最小的坐在出口。他们叽叽喳喳，就像日落时分的小鹦鹉，非常兴奋，回过头来瞅他们的家人或他们可能认识的人。

被弗兰克称作"肉桂夫人"的教师来了，和她一起来的是一个身材不错、稍大一些的女孩，那个女孩儿只可能是她的女儿。救护车司机朱伟尔夫人挨着一个白发男人坐着，艾达觉得那个人是朱伟尔先生。

玛格丽特公主夹板店的罗伊来了，奈拉的丈夫也来了，奈拉的丈夫就像她那样，个子不高，圆滚滚的。他们夫妻在一起，简直就是一对俄罗斯玩具娃娃。还有和孩子玩棋盘游戏的年轻人，他们来自爱普科斯俱乐部,穿着白衬衫,系着领带,刚刮过脸,耳朵大而干净,引着他们的未婚妻入座。

那晚暖和、安静,空气中弥漫着一种类似晚会的兴奋。

在靠近出口坡道的一张支架桌上,迈耶摆出了租来的玻璃杯。

比克弗德捐献了五箱冷饮。迈耶把剩余的冷饮在新治疗楼里冷藏着,把一袋冰块倒进了那个天使浴缸里。在支架桌的一头,女人摆上了盘子,给盘子盖上了茶巾。无论老少,观众们笑啊、聊啊。轻柔的夏夜和新颖的活动让他们兴高采烈。

两名警察来执行夜间巡逻了。他们摘下帽子,坐在前排,跷着二郎腿。这些座位是为较大的孩子保留的,但没人愿意请他们离开。护士长宾尼在招呼其他客人,没顾得上他们。几分钟后,让护士感到舒了一口气的是,两名警察自己意识到了,他们站起来,把帽子戴上,慢慢地朝出口走去,在茶点桌边徘徊不去。

在这些人中,除了迈耶和弗兰克(如果他承认的话),可能没有一个是能够评判或真正欣赏她的表演的听众。但是,她必须尽其所能。

她真想抽一根烟。她的裙子是用蓝黑色的塔夫绸做的无袖紧身裙。她一动,裙子就沙沙地响。"它能比得上纽约或巴黎的裙子。"朵拉·芬克欣喜若狂地评价过。

她有可能想了什么呢?她在一定程度上把布达佩斯音乐厅搬到了这所医院的庭院里了!一个怀恋她以前的名望的移民艺术家……这暴露了她的虚荣,她对他人钦敬的渴望!

她从来没有感到如此陌生、如此可笑地格格不入,她希望,在这暗淡的暮光中,在厨房的窗户里,她能像一个影子那样不被注意到。

时间刚过七点,星星正在冒头。租来的椅子突然有人坐了,所有较大的孩子现在都坐在前排,轮椅和椅子整齐地摆在出口坡道旁。

弗兰克坐在前排中央,挨着艾尔莎这个和他一般年龄的金发女孩。舞台灯照在她闪着光泽的太阳穴上,照在她金色波浪般的头发上。弗兰克需要理发了,他浓密的暗红色发卷十分蓬松地覆盖着他高高的额头。他兴致勃勃,在开某种东西的玩笑。她看见他体内的每个细胞都对挨着他的那个女孩保持着警觉,他的命运现在掌握在那个女孩儿的手中。

迈耶在哪儿?她仅仅能分辨出他身体的轮廓,他的腿交叉着,抱着胳膊,在治疗楼的墙边的阴影里站着。他在站岗,以防起了大风,突然下起了阵雨或者谁喝醉了,哪个小孩儿哭了。只要有迈耶在,一切都会顺利进行。什么也逃不过他的眼睛,迈耶总是在管事儿。

他多么遥远啊,护士长宾尼想,他远远地看着一切。宾尼站在坡道的顶端,等着上台,看样子伊丽莎白·安最后来不了。当然了,伊丽莎白正在梅兰兹一个大幼儿园里实习,筋疲力尽。但是,伊丽莎白在电话里说,她尽量来。伊丽莎白还提到,蒂姆(蒂姆·巴德)厌恶古典音乐。

绝大多数座位现在都有人坐了。在潜行而来的黑暗中，弗兰克白色的脸、艾尔莎一缕缕灰色的头发变成半透明的了。警察已经坐在了后排的空座位上，再次摘下了帽子。

护士长宾尼站在聚光灯下，发表了讲话。她把"布达佩斯"的音发得像一种喷雾杀虫油，一口气费力读完了艾达所获奖项的所有外文名称，仿佛它们对这些人意味着什么。灯光绘出了她强壮的个头、宽阔的肩膀，她周围自由波动的漂亮金发出现了光晕。

护士长宾尼说，他们在澳大利亚的海岸上接待了这样一位天才，真是幸运。艾达以前从没听见有人这么说过。

"我们真的感到荣幸。"护士长宾尼转过身来，抬起胳膊欢迎艾达，她仿佛端着一盏灯。当她冲着艾达微笑时，她想，没错，戈尔德夫妇已经给她的生活带来了某种新东西，只是她还不知道怎么给它命名，他们特别的专注、他们看问题的不同方式、他们对与你心连心的期待、他们的坦率……

某个人开始鼓掌，其他人也跟着鼓起掌来。艾达沙沙作响地走出来，走向了钢琴边她的座位。"让我结束。"她喃喃地用匈牙利语对自己说，就像她第一次表演时那样，"让我离开。"她每次都不得不这么说。不可思议的是，这种做法从来没有让她失败过。

她尽可能快地弹奏完了《上帝拯救女王》。在此之后，观众里身体健全的人稍稍站了起来，又迅速坐了下去。她停了一会儿，搓着她的双手。接下来，她呼吸了一下，头低到键盘上，手猛地按了下去。就像一个外科医生的手插进了一个人的胸腔,护士长宾尼想。

《妈妈,请听我说》这支曲子是对孩子们发出的清晰问候,它纯粹的曲调是对童年的致敬。它不断积聚的动力为童年的未来的美好带来了希望,为即将到来的所有夏夜的快乐带来了希望。

警察听完了整支曲子。然后是下一支曲子——舒曼的《儿时情景》,接下来的一支曲子是舒伯特的《即兴曲》。

莫扎特、舒伯特、舒曼。

人们还从来没听过任何这样的东西。

她弹奏得很快,赤着胳膊,就像个工人,怀着必须完成一项工作的信念。艾达的裙子迷住了他们。它蓝黑色、闪闪发亮的褶皱,艾达强壮、白皙的胳膊,她打卷儿的黑发,她稍微上挑的匈牙利眼睛,这些都有着难以言表的异域情调。他们明白,无论她从哪里来,她在那里肯定是个名人。

孩子们非常安静地坐着,有些还张着嘴,或慢慢地咬手指。一些孩子表情严肃,另一些孩子看上去有些扬扬得意,仿佛一种愿望最终被实现了。他们一直盯着艾达的手,盯着她严肃、恍惚的脸。音乐立刻充满了庭院,宛如暴风骤雨,又如步入了皇家嘉年华的光与声音之中。就连小一点儿的孩子也一动不动,他们生命的很大一部分已经消耗在一家医院寂静的白色世界中了。

马尔科姆·普尔感到很满足,仿佛数字正在依序出现,某种正确的东西正在他头脑里"咔嗒"作响,一阵令人松弛的颤抖传遍了他纤细、扭曲的身体。

　　眼泪从恩盖蕾的脸上淌下来。她的母亲曾在奥克兰教钢琴，但她的母亲说恩盖蕾体内没有音乐细胞。她们经常拌嘴，恩盖蕾年轻的时候和一个男人私奔到了悉尼，而她的母亲不久就去世了。有一天晚上，那个男人没有回家，恩盖蕾则发现了西澳大利亚招聘护士的广告，她花光最后的积蓄买了一张跨越澳大利亚的列车的车票。

　　恩盖蕾想，她现在做的一切都是为了她的母亲，是为了证明她最终一切安好。

　　艾达最后弹奏了巴赫的《羊儿可以安心地吃草》，这支曲子就像给孩子在就寝时间点燃的一根蜡烛。

　　音乐会结束了。她出了三个错误，不过都是很小的错误。

　　在一片沉寂之中，人们开始慢慢地鼓起掌来。然后，掌声逐渐变得热烈。艾达意识到了掌声的真诚。她颤抖着站起来，开始鞠躬。

　　其他人开始站起来，除了孩子，所有人都站着。"太棒了。"某个人喊了起来，"世界级！"罗德尼·巴内特喊道。要不是知道孩子们会劳累，艾达原本会再弹一曲的。在她完成弹奏、把手放在膝头之时，她转过了脸，看到了那排严肃、白皙的小脸，他们倾听了每个音符。

　　她迅速地朝着各个方向鞠躬。她的视线碰到了弗兰克的视线，她冲他微微一笑。她很少笑，就算笑也是带着讽刺的意味。有那么一会儿,他们之间的一切都被原谅了,一切都得到了谅解,如他经常从她钱包里偷钱,她对他的朋友很势利。观看她的表演,弗兰克感动了。他看到了她的力量,看到了她坚定的决心。

他想起来他住院时她的狂怒,"你会变得强壮!你将来会走路!"

"妈妈,请你离开!"

"你想知道为什么吗?他们总是先要虚弱的人的命。"

一切总是与战争有关。

现在,在观众后面,在街灯的映衬下,艾达看到了一些邻居的剪影。他们跨过街道,站在篱笆旁听着,他们也在鼓掌欢呼。艾达抬头仰望,圆而金黄的月亮已经升起来了,悬挂在当地房屋的屋顶上。她再次鞠躬,为了她在音乐会结束时感到的那种感谢、宁静,为了所付出的一切和用去的每分每秒,所有都是值得的。观众是谁有什么关系呢?

作为一个大一点儿的女孩,艾尔莎没有借助手杖和拐杖就来到了钢琴旁的艾达面前,给她献了一束用诺姆的玫瑰花做的花束。她是怎么来的?杰克想。音乐已经以某种方式启发了他,让他回归到了自我。他发现自己正盼着玛格丽特看见艾尔莎这么做,如果南希能够答应照看珍,玛格丽特原本可以目睹此情此景。他带来了莎莉,在南希的车里,和南希在一起。

护士长宾尼邀请所有人吃夜宵、喝冷饮,在这个夜晚,迈耶远远地看着她。她总是这样,脱了制服后的她看上去块头更大,更显得韶华已逝，更显得公事公办。他们之间的任何联系都仿佛是幻觉，像你挡住耳朵时听到了海洋发出的声响。艾达弹奏的音乐把他带回了自己的国家，带回了过去的自己。

他在观众中看到萨顿一家鱼贯而入，一个女儿，五个弟弟。他必须吸上一口气，当他们一个接一个地坐下时，他能分辨出他们之间的层级关系。长子、次子、女儿……三儿子是那个文静的男孩子亚诺斯，他颤抖起来，寒冷的气候有可能像窗子那样被打开。

他想起了他上个星期做的梦。他在集中营里，在喀尔巴阡山中。"雨，雨。"他一边说，一边伸出舌头，仿佛渴得要命。

他儿子此时在哪儿？迈耶尽可能地注视弗兰克。疾病能够让人愁肠百结，戈尔德家族有这样的历史。他看见弗兰克和艾尔莎离开了座位，正站在坡道旁。他们表情严肃，仿佛和其他所有人都不相干，门口的光闪烁在他们周围。迈耶感到痛苦，这是在为他自己的青春而痛苦吗？他再也不会爱上谁了。

等他把艾达送回家后，他要出去走一走，在黑暗的街道上走上很远。

他已经不再相信，任何一个物、人、国家能够比另一个更好。

查拉西杀死了数万犹太人，而他们所做的就是用他们恐怖的匈牙利方式把他绞死。

后来，罗德尼·巴内特一只手端着姜汁啤酒杯，另一只手端着一盘西番莲果，碰上了艾达。"世界级的！"他又说了一遍。

他想知道,她工作了吗?他、迪卡和一些来自高尔夫俱乐部的朋友正在考虑增加某种特别的东西,比如旧式的茶舞会。他们需要一个优秀钢琴师。

艾达回答说,她拿手的曲子都是古典的。

"我敢拿一切打赌,我断定,你能弹奏一切你想弹奏的东西。"罗德尼一边说,一边俯下身来,看着她的眼睛,微微一笑。这些新澳大利亚人不是总抱怨贫穷吗?你可以认为,只要有机会,他们就能一跃而出人头地,尤其是她那个种族的人。

"是的。"艾达说,仿佛已经看透了他的想法,"但我要价很高。"她转身离开了。艾尔莎的父亲正等着要和她说话。

"首席女钢琴师,我猜。"罗德尼向迪卡报告说,"此外,你明白……"他低下眼皮,搓着手指。迪卡明白,她已经没机会问艾达那个女装裁缝的名字了。

杰克·布雷格斯的妹妹希望被引荐一下。原来,南希已经为ABC做秘书做了十五年了。"澳大利亚……广播……委员会?"南希缓慢且清晰地说,以确保艾达明白她说的意思。

"当然了。"艾达说,"我在无线电上听过。"

南希的上司(艾达没听清楚他的名字)主管音乐会音乐部,她询问自己可否把艾达的地址给他。杰克喜气洋洋,轻轻地跺着脚,多少有些自豪。

"可以。"艾达说,"谢谢你。"她点点头,转身离开了。

为什么她获得的赞扬和崇敬越多,她越感到渺小、悲伤?庭院几乎算不上一个令人满意的礼堂。她仿佛突然看见了朱莉娅·马莱,在那个俯瞰多瑙河、高高的顶楼房间里,朱莉娅摇着头。在这里,过着现在这种生活,她怎样才能再次达到她曾经的水平呢?

事实是,她欺骗了这些人,但他们并没有意识到,她吸了一口气。

奇怪的是,这应该是她大彻大悟的时刻。这是她的生活将依赖的土地,在这块土地上,她的音乐肯定会生长。这是她的观众,流亡者、小资产阶级、暴发户,还有一些乡巴佬,她必须竭尽所能。她环顾四周,寻找着迈耶和弗兰克。

迈耶正端着一个托盘给所有孩子发冷饮。按照护士的要求,每个孩子只有半杯,因为他们要睡觉了。

她在哪里都找不到弗兰克,也找不到艾尔莎。

护士长宾尼宣布,为职能治疗室募集到了四十镑。在人们鼓掌的时候,弗兰克和艾尔莎开始走上出口坡道。他们都用了两脚规,拉着手保持平衡,走过大厅,走到外面的游廊上,期间一言不发。他们厌倦了和其他人在一起。

肩并肩坐在一起,再无别人,多么美好啊。防护网厂的光照射在他们脸上,"砰砰"地敲打着他们的心灵。黑暗看上去几乎是透明的。在街道对面,树木和房屋熟悉的轮廓历历在目。在更远的地方,城市流光溢彩,仿佛是对未来生活的承诺。现在他们正在习惯孤身一人。他们再也不属于他们的家庭,外面世界的人们让他们厌倦。

他们叹息着，对能够在一起充满感恩。

和艾尔莎在一起让弗兰克感到平静、轻松，再也不用担心他的母亲。他现在才发现，他总是担心艾达。

"在那种悠长的夏夜。"他在处方笺上写道，"有更多的时间和你在一起。"

他们安静地坐着。对弗兰克来说，那种音乐仍然萦绕在心头。再次听到这些曲子就像与过去重逢。当然了，他永远也不会把这些告诉艾达。自他生病以来，他第一次有了一种力量。

"你喜欢音乐会吗？"他问。

"喜欢。你长得像你母亲。"

"你最喜欢哪一支？"他想让她形之于语言，好看看他们的感受是否一样。

"嗯……第一支。"

"为什么？"

"让我想起来'闪啊闪'，我想。"

她家里没钢琴。要是他们现在在这儿有，他立刻就开始教她。

她曾经属于整个世界，艾尔莎想。现在她属于弗兰克。

23. 阿尔伯特

钢琴被推回了教室,所有的孩子和护士都睡着了。阿尔伯特·萨顿躺在床上,觉得自己可以借机逃走。他在音乐会上看到丽兹和他所有的兄弟,他知道他不能再等了,思念比生病更糟糕。他满脑子都是思念,思念让他发傻,他无法学习,甚至连话都不能说。在内心深处,他知道只有当他回到家,他的病才能好。他只想打开前门,听到他们说:"嗨!"我们的阿尔伯特多次计划逃走。在他的计划中,他将拿一瓶水,或者一个苹果,以及一件暖和的套衫。但是,今晚他躺在黑暗中,一个轻柔的声音对他说:"现在就走。"如果他坐着轮椅,沿着铁路线走,他知道他能找到路。正好他再也不用上夹板了。"马上走。"那个声音说。

他从床上滑下来,穿着睡衣坐在地板上,穿上鞋袜。他扒着床垫,再次把自己拖起来,慢慢穿上夹克,把睡袍塞到床单下面,形成了一个凸起。他突发奇想,把他的棕色针织羊毛衫放在枕头上,让它看上去像他的后脑勺。然后,他让自己向下滑,坐在轮椅里。

"我们这是去哪儿啊?"邻床的小路易斯问。他直挺挺地坐着,睁大了眼睛。

"闭嘴。"阿尔伯特说,"我要回家。"

路易斯马上又躺下了。阿尔伯特意识到,他睡熟了。

他转出男孩儿病房,滑下走廊,通过门厅,打开前门,然后带上,但没有关住,因为那会发出"咔嗒"声。他小心翼翼地滑下前门台阶边的坡道,以防滑得太快而翻倒。这些动作他已经思考了很长时间。哈德莉值夜班,但她肯定在护士长宾尼的办公室的沙发上睡着了。他非常喜爱哈德莉,他的兄弟取笑他,说他迷恋她。他产生了一种滑稽的感觉,他想跟她道别。

马上走。

空气依然温暖。他能听到蟋蟀的唧唧声,他把防护网厂的灯光抛在了身后,经过黑黢黢的房屋,朝着铁路线转动。轮子稍微发出"吱吱"声,需要涂油了。等他回了家,他就能搞清楚他的哥哥瑞吉的油罐儿在哪儿了。

来到铁路线上,他向左转了。在这个地点,和下到一个溪谷的铁路线不同,公路是往上走的。阿尔伯特一再往上爬,但每次都只能爬到半路,就是到不了坡顶,但他明白他千万不能哭。突然,他的胳膊再也转不动了。他太累了,于是他转着轮椅离开了公路,转进了它旁边的一长溜儿草地里。他刹住车，爬出来，躺在干燥、沙沙作响的草地上。当月亮高挂在天空时，他睡着了。

等他醒来时，仍然是漆黑的夜，没有任何汽车的迹象。他想起来，当他骑瑞吉的自行车时，如果在路上做"之"字形前进，就比较容易爬上山丘。他在轮椅后面把自己撑起来，把轮椅推回到路上。他坐在座位上，不停地转着轮子，设法从一侧转向另一侧，上了山丘。但是，在山顶附近，他停下来喘气，忘了刹住刹车，轮椅径直向后滚去。他设法猛地让它向后转到路边，一头栽到了草地里。轮椅落在他上边，这次他动不了了，他听见轮子轻轻地在他上面旋转。他的腿受伤了。他的头有点儿晕。他觉得自己听到了摩托车的声音，怀疑是不是瑞吉来找他了，但那种声音很快过去了。过了一会儿，等他缓过气来，他把轮椅推开，坐起来，重新开始。

24. 安·李

在音乐会和阿尔伯特出事之后,一切似乎都变了。天冷了,光线变得柔和了,干枯的叶子簌簌地落在经过防护网厂的道路上。阿尔伯特仍在医院里,他摔断的腿愈合了。护士长宾尼被迫向"黄金时代"理事会解释了事故经过。从此之后,前门每到傍晚六点都会被锁上,一些理事表达了对开着前门的怀疑。不过,话说回来,珀斯的居民对他们镇上的安全感到自豪,他们从不锁他们的车或房屋,夏天睡在门廊上,甚至睡在草坪上。

值夜班的护士接到指示,要求她们必须把手电筒照到每个睡着的孩子身上。在护士长宾尼找她谈过话后,哈德莉的眼睛红了两天。事故的余波在继续蔓延着。

每天到了休息时间,护士长宾尼都会去探望在玛格丽特公主医院住院的阿尔伯特,不想让他丧失信心。她对他说,一旦他的腿痊愈了，他就能回家，她已经和他的父母谈过，他的姐姐和哥哥们将会帮助他锻炼。阿尔伯特点了点头，他非常严肃、安静。"黄金时代"的每个人都稍微安静、敏感了一些，无论是孩子还是职员。

在教室里，西蒙斯夫人开了一门名为"伟大的作曲家"的社会研究课程。"我们现在全都了解了音乐的力量！"她对学生说，并专门对弗兰克微微一笑，然后看到他畏缩了一下。她带来了唱片，并且在那台旧唱片机上播放。这个星期要讲的作曲家是莫扎特。由于那场音乐会，所有的孩子都听过他。她给他们讲了《魔笛》的故事。在上这些课的期间，弗兰克被允许躺在他的床上自由阅读。否则的话，就像西蒙斯夫人正确判断出的那样，他会大发雷霆。

一天下午，一个人走进了门厅，靴子跟儿"啪嗒啪嗒"地踩在地板上，带着一种显得坚毅的声音。那只可能是个男人。那是休息时间，寂静统治了病房。护士长宾尼正在等阿尔伯特，而护士们都在楼上。

床上的女孩们听着越来越近的脚步声。那个男人知道自己去哪儿，紧接着，他的面孔出现了，晒得就像红褐色的鞋油。他戴着一顶棕色的、方方正正的大帽子，帽檐儿往上翻，帽箍缠了一圈儿毛皮条。

"安妮？安·李？"

安·李抬起了头。

那个男人三步就跨过了房间，用胳膊抱住那个小女孩儿，把她高高地举到了空中。

艾尔莎和苏珊·巴内特用她们的肘部把自己撑起来,朱莉娅·斯诺和露西·鲍耶仍然躺着,睁大了眼睛。

"你能走吗,亲爱的?"他的声音虽然有点儿沙哑,但是很柔和。

安·李点点头。她没有笑,但在她的刘海儿下面的脸上,出现了其他女孩此前从未见过的一种表情。那是什么表情?那是一种完全满足的表情。

"给我瞅瞅。"他把她放在地板上,退后三英尺,蹲坐下来。她穿着她洗过多次、白色的小棉连衣裙,站在那里,摇摆着。

"来啊,宝贝儿。"他说,同时伸出了他的手。她朝他走了一步,他向后退了退。"来啊!来啊!"他轻轻地说,就像招呼一只小鸟。她一步步费力地朝着他走过去。然后,他抱起她,在房间里旋转,指节粗大、黝黑的手顶着她小小的肩膀。他笑了,以一种痛苦的方式眯住了眼,以免哭出来。

"你的东西在哪儿,安?在这个衣柜?"他扯出一对罩衣,把它们罩在她的连衣裙上,系上扣子。然后,他一只手拿着她的旧毛毡旅行袋,另一只手把衣柜里的东西划拉进袋子。他站起来,提着它,用另一只胳膊拢起安·李,把她像一只小猴子那样拢在身边。

"李先生!"护士长宾尼已经回来了,正站在门口。

"得走了,护士长。我已经安排好搭车去利奥诺拉了。"

"我能说句话吗?"

他跟着宾尼,仍然拢着安·李。

在她的办公室,她说:"安正在取得非常好的进步,理疗师对她很满意。我们相信,再过几个星期,她走路就更加稳当了。"

"这就行了。"他说。

护士长宾尼看着安·李的脸。安的脸上没有了那种冷漠的表情,她的眼睛闪闪发亮。她没笑,但神采奕奕。

"我们听到了呼唤。"她的父亲说。

"什么呼唤?"

"她的,她母亲和我都感觉到了。我们当时正在餐桌旁吃早餐。我们互相看着,同时说,安妮再也不能在医院待了。"

护士长宾尼笑了:"她非常快乐。"

"该回家了。"

"现在吗?"

他点点头:"卡车只等半个小时。"

看来无论她做什么,都阻止不了他了。

"那么,我需要你的签名。"她说。

"为什么?"

"签名表示,她是在未获医生许可的情况下离开的。因此,无论出什么事儿,你都不能怪我们。我还想给你一个锻炼项目单。"

护士长宾尼突然感到厌倦,谁知道呢,在这种神秘的治疗业务中,也许他带她回家是对的。

孩子们获准下床去道别。他们聚在前门,安·李的父亲的魅力让他们激动。他们半真半假地期盼他骑马把她带走,她被接走给人一种故事书里的感觉,让他们头晕目眩。有那么一会儿,他们觉得他们也将很快得到解脱。

安·李被高高地抱着,没有笑,黑色的眼睛不动声色,在他父亲的肩膀上一直看着他们,然后就转过脸去,再也没有回头。

护士长宾尼发现自己很难笑出来,她知道安·李将会跛足。更多的治疗会对她有所帮助吗?她将会走路,但会跛得很严重。她将会作为一个跛子而为人所知,"跛脚的安妮""安妮那个瘸子"。她最终会结婚吗?到了沙漠之中,她将怎样生活呢?

她的大脑飞速地转动了一会儿。安·李的算数不错,也许她可以为那些矿山经理记账……

但是,护士长宾尼没有以前那么乐观了。她走了回去,坐在她的办公室里。这是从什么时候开始的?从阿尔伯特出事吗?

明天她休假,在晚班交班时,她对哈德莉说,晚上她要去乡下,直到明天晚些时候才能回来,随后她径直开车离开了。

在"黄金时代",人们普遍感到放松,觉得可以任意而为了。

25. 忧郁的神情

她驶过水流平缓的河流上的吉尔福德大桥，轻快地驶上了一条空空荡荡的公路。公路两边是平坦的小牧场，太阳已经不见踪影了。

当她转弯儿驶上一条长长的碎石车道时，狗开始叫了。等她在房屋外面停下车时，狗叫声达到了顶点。

他赤着脚走出来，走到外廊上，呵斥着狗。她从莫里斯车上下来，狗跳起来，抖着链子低声叫着。他们站在那里，彼此看着，神情忧郁。那一刻没有光，黑暗马上就要降临了。

"嗨，宾尼。"他就是这么称呼她的，从他在病房里第一次听到她的名字开始。

"嗨，塔克。"他们彼此以姓氏称呼。这是他们之间对平等、独立性的承认。

"进来吧。"他扫了一眼，目光平静如常。但是，他转过身来领路这一行为告诉她，他很高兴她来。他们走下客厅，进入农场大厨房。他的肩膀高耸，细腿僵硬地向前摆动着。就赤着脚来说，他的步态堪称优雅，就像一只长腿的鸟儿在跳舞。

"你的背怎么样了？"1948年传染病暴发期间，她曾在传染病分院护理过他。他在军队里当工兵，在战争中幸存下来，回到家中却患上了脊髓灰质炎。

"还不坏。你赶上了茶点。"

他的祖父建造了这座房屋。炉子里的火、木质大桌、被打扫过的宽桉木板，一切如故。

"吃晚餐吗？"桌子上放着一盘他吃了一半的炖肉，她打断了他。

"不，谢谢，你继续吃吧。给我一杯茶就行。"他经常在星期天做一回炖羊肉，一直吃上一个星期。但这对她没有吸引力，她看着他吃。

从他还是个病人起，她就觉得和他在一起能感到平和。只要她来到这个近乎空空荡荡的房间，看到它平坦的牧场一直延伸到天际，她就会明白个中原因。在战后，他返回了这里，并且永远不会再离开。

那个大铁床也令人有平和之感。他的父母过去在上面睡觉，他在上面出生，他的父母和所有叔伯过去都是共产主义者。卧室窗户上没有安窗帘，窗户大开着。她躺在床上，看着星星迅速划过黑暗的天空，一直到她合上眼睛。猫头鹰的鸣叫声和狗叫声回荡在牧场上，她能嗅到干草在夜晚的空气中沙沙作响。到了清晨，鸟的婉转啼鸣会唤她醒来。

她喜欢他的气味，仿佛是被太阳晒过的味道，就像那些床单。他的后背让他很难做动作，但他知道该做什么。在处理疼痛上，他曾经是她第一个老师，也是最好的老师。

他睡得很沉，像个孩子，他的呼吸像空气那样洁净。她能够对他说："我累了，塔克。"换了别人，她就说不了了。她似乎缺少某种基本的东西，缺少铁或盐那样一种矿物质。她感到无精打采，仿佛已经灰心丧气了。也许，这正是这里的风景让她得到抚慰的原因。

她觉得那是一种缺失，好像她在深深思念一个人。思念谁呢？安·李？莉迪亚？她自己的女儿？谁俘获了她的灵魂？不知怎么回事，她总是想起音乐会的那个夜晚。当然了，还有阿尔伯特的不幸。但是，比那个还要早，那应该是别的某种东西。她看到自己站起来，宣布募集到了四十镑。在人们鼓掌的时候，她看见了庭院对面的迈耶·戈尔德，看到了他的超然和灵魂深度。他们的目光短暂地碰到了一起，然后他不动声色地把目光转开了。自那时起，她还没见过他。

那么，肯定就是他了！那就是一切……一条看不见的丝线断了。电线中的"嗡嗡"声消失了。然而，在一定程度上，那几乎是无意识的，曾经存在一种慰藉，甚至是一种信任，仅仅知道它存在就行了。自那时起,一切都不太对劲儿了。

她听到屋顶上传来的声音,终于下雨了。她紧紧闭上眼睛,睡着了。

到了早上,塔克呼吸着空气。"要下暴雨了。"就在他说话时,天似乎就暗下来了。远处传来隆隆的雷声。突然,奥丽芙觉得她必须给"黄金时代"打个电话,吉尔福德有个电话亭。

"我们凑合着吃点儿吧。"塔克说。他把两碗热腾腾的粥放在桌上,还放了一罐黄金糖浆。他很少笑,但他的长脸显得很亲切,他宛如浑浊的河水的褐色细眼总是充满诙谐。

"我得走了,塔克。我没时间吃饭了。"

"出什么事了?"

"我不知道。那些孩子。我刚才有一种感觉……我必须去打个电话。"

她环顾四周,什么也没带来,什么也不会带走。她向车子走去,塔克跟了出来。他没有盼头儿地活着,他早就学会尊重她的直觉。此外,尽管她告诉了他这些,他也只会哼哼鼻子,因为他是个绅士。

当她驾车往回开、开过吉尔福德大桥时,小莫里斯车变慢了。如果她开得太快,它就会过热。但是,在打完电话后,速度成了问题的实质。她对"黄金时代"的运作模式了如指掌,每分钟都耽搁不起。除非哈德莉不管事!在阿尔伯特出事后,她过于坚持照章办事,结果哈德莉手足无措,连常识都丧失了。

"我觉得我最好联系一下理事们。"哈德莉在电话那头说。

"不能联系！啊，看在老天的份儿上！"

弗兰克·戈尔德被发现上了艾尔莎·布雷格斯的床。

"做了什么？"弗兰克和艾尔莎，她应该知道这种情况有可能发生。她的确知道，但被分神了！她应该留下指令，让护士留点儿神……他们恋爱了。

生活留下的缝隙你承受不起，否则命运、事故、灾祸就会乘虚而入，就像传染病……

哈德莉吞了一口唾液，她的声音低了下去。"他在她上面，他们差不多……没穿衣服。"

挡风玻璃上的雨点变大了，奥丽芙不得打开了雨刷器。

26. 第三个国家

　　一切是在什么时候开始改变的？对她来说，弗兰克的脸变得司空见惯了。他不英俊，也算不上不英俊，而是像她的脸，他们有点儿孪生兄妹的意味，好似一面镜子。他们的关系似乎要填满他们周围的空气了，他们在他们各自的宿舍里醒来，发现灯光在长长的白窗帘后亮着。从那时起，他们就一直等待着重新在一起。

　　那是什么？弗兰克说那像诗歌，这让人觉得很对，也可能觉得不对。如果它被赐予了你，你就要接过来。

　　他说，那是爱。"爱"这个词没有吓到他，或让他觉得不好意思，关于它，他每天都有新想法。那仿佛是向所有人做的承诺，他说。那是生活中发生的大事，也许还是最好的事情。他们还很小就获得了它，好像他们已经受到了祝福。

　　艾尔莎夜以继日地思考着他说的话，在她的生活中，还从来没人像弗兰克那样说话。无论是她的父母、老师,还是坚信礼课上的霍利斯牧师,都没有那么说过。说什么不重要,重要的是他对此有看法。

亲密令他们变得强健了,他们在游廊或后面的草坪上聊天儿,他们的脸上有了光彩。在几个星期里,他们曾共同承担原本单独作业的康复任务,他们一起锻炼,苏格兰理疗师评价了他们的迅速进步和动机。白天不令人厌烦,而是每时每刻都让他们觉得有意义,有想告诉对方的东西。到了晚上,他们则互相思念。每个清晨都是一次团聚。如果他们中有一个要去玛格丽特公主医院检查或矫正,另一个就会默默无语,像寡妇或鳏夫那样孤独。

生活在一起的两个人总是在彼此了解,弗兰克想。艾尔莎了解了那个天花板、那种钢琴课、那些火车。当然了,她刚开始并不理解小小的弗兰克为什么必须藏起来。她不知道,当她还是个小女孩时,在斯旺伯恩正常地成长时,在别处发生着一种《圣经》里才有的灾难。关于那场战争,她知道的唯一情况是,在战争的大部分时间里,杰克·布雷格斯被派驻在罗特内斯特。罗特内斯特是个小小的度假岛,就在珀斯海岸不远处。他过去常拿它开玩笑,把它称作他的"海外派驻地"。那是他的人生故事,他说。

相形之下,艾尔莎的故事只有大海、街坊。买新鲜的鸡蛋意味着,当你穿过霍夫曼夫人的院子去她家后面的卡恩斯那里时,你要避开她爱撞人的公羊。亚力克·卡恩斯是个退伍老兵,养鸡,种蔬菜和果树。所有的后院都像小农场,布雷格斯家的后院除外,那里是一片荒地。

日子太短,不够他们互相倾诉。

弗兰克知道,他对艾尔莎更了解了,对她的照顾更用心了,别的人都比不了。他喜欢和她在一起的悠长日子,喜爱属于她的感觉。他遇到的情况对他来说太复杂了,他还没有找到把它写下来的方法。他找不到语言来描绘她,她的光辉、她的尊严。一只白天鹅?一颗金话梅?职员们把他称作"情种"。

一天夜里,当他返回男孩儿病房时,他突然想出了那首新诗的标题。沃伦·巴雷特正在和马尔科姆·普尔、路易斯玩儿拉密牌,沃伦正在发牌。

"玩儿吗?"路易斯说。他总指望弗兰克的支持。

"算了吧。"沃伦·巴雷特说,"他只和他女朋友玩儿。"

弗兰克躺到了床上。他们不管他了,他好像生活在别处。他想出的那个标题太清晰了,他都能看见它被写在了他的大脑里。那就是"第三个国家"!现在,他看到那不是一首诗,而是一组诗。这组诗与他经过长途跋涉找到她的情景有关,与把他引到这里的战争、脊髓灰质炎这两个恶魔有关,与拯救了他的爱和诗这两个天使有关,与沙利文怎样给他指引了道路有关。

任何国家都有其规矩,他必须学习它们。他会被允许在这里待多久?这个国家是他最终能有家的感觉的地方吗?

他的大脑飞快地转着,思考着怎样愉快地运用比喻。他呆呆地躺在那里,浑然不知哈德莉进来要求男孩子们结束游戏,不知灯被关掉,不知其他人马上入睡了。过了一阵子,他坐起来,靠着枕头。光束经过开着的门的缝隙,从走廊上照射进来。他在处方笺上写道:

你是这个新国家
我遇到的
第一个居民。

这些词语现在来了。如果到了明天,它们可能就来不了了。他写了一页,写完最后一笔时,他感到疲累,也感到欢欣鼓舞。周围是那么安静、黑暗。他总能感觉到什么时候护士长宾尼不在,比如说现在。他还能再写一首诗!他能够写上一夜,他还不打算睡觉。他想给艾尔莎说说。

后来,他会想,这算不算破坏规矩呢?女孩儿病房的门上没写"熄灯后男孩不准进入",也从来没人这样对他说过。

在弗兰克之前,还没有哪个男孩想过这个问题,护士长宾尼对理事们说。

最后,决定做出来了,他们都得离开。在被询问时,艾尔莎没有说弗兰克那么做违背了她的意愿,她什么也没说。在她进来时,她看见了各种各样的脸。那些脸又老又冷酷,貌似公正,因为不赞成而皱了起来,以至于下巴耷拉着,眼睛下垂。

"当他压在你上面时,你感到意外吗?你没感到震惊?"

艾尔莎低眉垂目，摇摇头，仿佛失去了说话的力气。

她没有说："我想让他那么做。"她怎么能给他们讲这些呢？

"艾尔莎，他脱你上面的睡衣了吗？"

她摇了摇头。

"谁脱的？"

她摇了摇头。

"弗兰克说，扣子是'自己'开的。这怎么可能呢？"

她坐在那里，垂着眼睛。她想说，在他们贴着身、脸对脸躺着时，情况发生了，那是因为摩擦。愚蠢……

"你不知道？"他们对她还算温和。她明白，他们想谴责弗兰克。为什么每个人都想谴责弗兰克？

"你没要他上你的床吧？"

她摇摇头。

"他趴到你身上，你没有感到震惊吗？"

她再次摇摇头。

"为什么不震惊？"

"我不知道。"她小声说。他们是不速之客，她肯定不会让他们知道她和弗兰克的详情。

"他碰你不想让他碰的地方了吗？"有人压着声音问。

她感到冰冷，浑身颤抖。他们怎么能问那个呢？那是无礼的。与她和弗兰克做的任何事情相比，那都是糟糕的，糟糕得多。她想起了过去在学校里人人都说的一句话，那令人作呕。

他们问的问题让她感到恶心，他们的想法让她作呕。护士长宾尼为什么不说话呢？她面色苍白，一言不发，仿佛一道光熄灭了。

"谢谢你，艾尔莎。"主席一边说，一边温和地笑笑，和所有老人对艾尔莎的微笑一样，"你可以走了。"

艾尔莎拄起拐杖离开了。在她返回她的床的路上，她明白了，这道坎儿她过不去了，她发现走路好难。她通过努力锻炼，想让它们重新恢复作用的每一块肌肉都在耻辱中萎缩了。她感觉好像有人向她扔了土块儿。那不是弗兰克扔的，而是理事会里的那些老人扔的。她永远也不会原谅他们。

"我必须问你，护士长宾尼，你知不知道这种友谊的肉体性质？"

"根本不知道。从来没人给我报告过这一行为。"奥丽芙顿了一下。"你们必须明白，"她说，"孩子们离开了他们的家庭，生活在一起，他们会相濡以沫。所有孩子都互相喜爱。艾尔莎和弗兰克一样大，他们来这儿的时间都超过了三个月，他们是非常好的朋友。"他们习惯了彼此的身体，她原本想说，他们肩并肩地锻炼他们的身体。

的确，她想，孩子们彼此期望、渴望爱，就像我们那样。他们需要表达它，无论多么模糊，绝大多数孩子希望将来"结婚"。

"嗯，从他们展示它的方式来看，他们太大了，不适合在这家医院里了。"

"孩子们感受和理解的程度让你意想不到。他们真的很成熟,在情感上。"

她停了一下。啊,上帝!她这是在把事情搞得更糟。

理事们一动不动地坐着,似乎对她有所期待。

"我会和他们的医生谈。"护士长宾尼说。她不自觉地对自己点点头,仿佛她最终发现了必须采取的策略。"他们都取得了长足进步,也许他们快能回家了。"

"鉴于已经发生的情况,"理事会主席说,"我觉得这是唯一可行的办法。"

他顿了一下。

"先是那个英国小男孩儿,现在又出了这个问题。你确信孩子们正在获得足够的监督吗?"

"我必须重申一下,"护士长宾尼说,"我对我的职员充满信心。"除了哈德莉·邓特,她可以毫无怨言地将哈德莉解雇……

但是,她明白,他们都明白,她需要找另一个职位了。

27. 诗　歌

　　弗兰克赶上了去州立图书馆的电车。他一连几个星期都去那里,去翻看读书架上的每一本诗歌书。他的需求太大了,以至于他被迫离开了家。就像战前的将军那样,他设计他的路线,他怎样上电车,他怎样把他的包挎在肩膀上并握住他的手杖,他坐下时用手杖做什么。每天早上他都眺望天空,寻找天气的迹象。如果看上去要下雨,他就待在家里。他行路太难,害怕雨伞、水坑、湿滑的路面。他用手杖猛敲他的背,就像一只翻了个个儿的甲虫。

　　他希望自己不要看到任何他认识的人。

　　当他要诗歌书时,一位图书管理员对他产生了兴趣。那个管理员把书给他拿来,甚至从储藏室里拿来一些珍贵的首版书。她一脸雀斑,大块头,皮肤干燥,有着一头短而稀少却很飘逸的头发。她太害羞了,努力地不被人关注,她也几乎做到了。刚开始的时候,弗兰克吃不准她是个较大的年轻女人,还是一个较年轻的老女人。她也许有三十五岁左右,就是一个普通读者。她曾经说了一件事,与一个写诗的朋友有关。这引起了他的警觉。

"他发表过什么吗?"

"他1941年死在了克里特岛。"

他觉得她可能是战争遗孀。他听见有人喊她"雪莉"。给他找书、指导他都让她干燥、粉红的脸变得通红。他想,是不是他蹒跚的步伐、他的手杖让他看上去像个受伤的士兵。他喜欢这种想法,喜欢她郑重其事拿书的方式,喜欢她把它们放在他面前的方式。但是,有些日子,如果他累了,他就不去图书馆。他无法面对雪莉的紧张态度,以及那一摞摞要读并且理解的书。就像一只喜欢探索的幼兽,他需要慢慢地、单独地、不被注意地、自由地吃草。

总有一天,他会和雪莉交上朋友,发现关于她的一切。但是,自打从"黄金时代"回到家里,他就变得安静了。他自闭了,就像经历震惊之后的人。他失去了对情感的信任,不敢向别人打开心扉。

家里的寂静让他明白他现在究竟有多么孤独。经过的车辆、从人行道上不时传来的鞋跟声不同于防护网厂无休无止的心跳,不同于"黄金时代"走廊上的熙熙攘攘。在深夜,他能够听到一阵风突然刮过对面公园的松树林。

他每天清晨都在弥漫的咖啡清香中醒来,过去就一直这样。

他穿过房间里的阴影,感觉他正在回归原来的自己,又成了他父母的孩子,回到和他们一起生活的宁静中。

但是,他曾经离开了一年。他长高了,长出了阴毛,衣服小了,不需要父母操心了。他们仍未明白他现在知道的东西,不明白只有他能够应对他的状况。

他现在动起来像个老人,日常生活如穿衣、走路、铺床等花的时间比以前长了许多,他的脑子需要计划出自己要做它们的全部方式,这让他感到劳累。他觉得他被扯掉了某些东西,其中有他的青春、他的力量和他们的心灵。

他讨厌他丑陋的鞋子。

一切都变了,镜子中他的形象、他的细腿、他不对称的肩膀、他的身份、他的未来。他无人可聊,无地可去。他现在明白了,和艾尔莎在一起在多大程度上让他免于痛苦,仿佛她的美庇护了他们两人。

在他开始去图书馆之前,他觉得自己正潜藏于不完整的生活中,怪异、沉默、随波逐流。上午等电车时,他看见自己现在在另一边了,和老人、残疾人、不上班的人在一起。

诗歌是他进入世界的方式,诗歌必须拯救他。

他坐在前门廊上,看着迈耶的花园,试图构思一些与断了翅膀的鸟、被蚂蚁活活吃掉的受伤昆虫有关的小诗。但是那些诗停滞不前,因为写诗不能有意为之。

并不是脊髓灰质炎给他造成这种情况的,他的父母只是对他被驱逐感到困惑不解，而不将那当作耻辱。他们对殖民地上的撒克逊人难以理解的道德不以为然。一个男孩一天晚上去探望了他的心上人，那是理所当然的事情！不过，他们没有支持他，或者为他的情况辩护。他们初来乍到，必须接受这个国家的规矩。

让他受到伤害的，是他在"黄金时代"缺乏信任，缺乏爱。对他来说，那里的每个人，无论是小孩还是大人，都是鲜活的。他永远也忘不了他们中的任何一个。他曾经认为他和每个职员都是亲密的，只是方式不同。但是，他们都背弃了他。没有人显示出对他和艾尔莎的深厚感情的尊重，没有人相信他们恋爱的真相。就连了解详情的护士长宾尼，也没有支持他和艾尔莎。

他感觉到理事和职员们都不愿意驱逐艾尔莎，他们愿意相信那不是她的错，是他硬要上她的身的。但是，她拒绝归咎于他，也不否认她对他的感情。

她曾经无怨无悔地支持他，是唯一一个为他挺身而出的人。

他小心翼翼地不让自己去回味他们的身体贴在一起的感觉，她柔软的嘴贴着他的嘴的感觉和她怦怦跳动的心。他会等她的。

他日夜思念她。只有读书才能让他逃开惶恐不安的感觉，逃开被抛弃、被遗忘、被赶走的感觉。

再过几个星期，在第三个学期开始时，他将在现代学校上学。他试图用艾达的穿衣镜客观地看自己。他瘦小、苍白、腿细无力，他穿着老人的鞋子。与他看见的所有步行经过的高中男生相比，他简直是个幽灵，是来自另一个星球的生物。至于他的脸，他简直无法忍受它的赤裸,无法忍受那双探寻的眼睛、那种忧伤、那种自我意识。

他希望等到他上学的时候,他能放弃手杖,如果可以的话,把那双鞋子也丢了。到那时,尽管他会一瘸一拐的,没办法运动,尽管他再也不能跑着赶火车,在树荫下盘着腿吃午餐,但至少他有可能在课桌旁边经过。

他曾经像其他孩子那样,迅速学会了当地的口音,同时小心调整他的衣物,以便看上去和其他孩子一样。现在,他总是会引人注目。他很容易认为这是他的命运,他从一开始就被打上了记号……

图书馆里有沙利文谈过的三位战争诗人的诗集,分别是布鲁克、萨松和欧文。图书馆里没有美国诗歌,除了一本《草叶集》。《草叶集》的表达很现代,简单、直接,给他一种触电般的感觉。

我不能,也没有任何人能,代替你走那条路。
你必须自己走。
它并不遥远,能够抵达。
也许自打出生,你就走在上面,只是你不知道:
也许它无处不在——在水上,也在陆地上。

他把这首诗抄写了下来。

雪莉给他说了一家书店,那家书店名叫奥哈雷尔书店,位于海怡大街和圣乔治大街之间的特里尼蒂拱廊。对弗兰克来说，这是他未曾涉足的地域，也必将是一个漫长的旅程，有需要越过的新地面，还有台阶、电梯和人群。他参考迈耶的道路图计划了他的路线，在一个工作日的上午出发。那时，街道上人不多。这座城市有内涵，美得惊人，每一块开放的空间都洒满了冬日阳光。奥哈雷尔书店在一个楼梯上面（上去绝非易事），铺面狭窄，长长的抛光黑色书架上满是现代书籍，有英国书、美国书，几本澳大利亚书，还有一些欧洲译本。它弥漫着烟草的味道，因为店主哈尔是个烟鬼。

弗兰克觉得哈尔理解奥哈雷尔的传奇。他戴着眼罩，像个赌场庄家。他的衬衫袖子被截短了，接了两个有弹性的金属箍。他给弗兰克推荐了一本厚厚的小说。小说是多斯·帕索斯写的，名为"美国三部曲"。弗兰克立刻就喜欢上了它。哈尔人到中年，是个小个子，油腻腻的黑发光溜溜地向后披散在他的衣领上，他脸上布满皱纹，牙齿发黄。他瘸了，因为一场摩托事故。他对弗兰克说："我原本有可能成为赌徒或赌马者。"实际上，他是奇妙著作的供应商，像猎取稀有猎物的猎人那样，热衷于追逐这些书籍。他读过它们吗？看样子他不需要读，他已经被它们的精华所吸引了，他懂得它们的价值，他是它们的捍卫者。

弗兰克刚一推开店门，就知道那儿肯定有哈特·克莱恩的《桥》。当弗兰克在柜台边徘徊时，哈尔说他接受预付款。弗兰克对哈尔说，他想找份儿工作。但是，就眼下来说，他连一先令也没有，付不了预付款。

他知道，如果他不得脊髓灰质炎，他原本会有个工作，例如放学后卖报纸、跑腿儿、打扫商店。如果是那样，那么他原本是能够帮助他的父母的。

哈尔把头探向弗兰克："你自己不写东西吗？"

"写什么？诗歌？"

"难道还写别的什么吗？"

"我写诗，没错。"弗兰克有些紧张。他渴望被严肃对待，就开始在脑子里搜寻一些诗行。结果，他只搜寻到了沙利文的一些诗行。

我必须找到一个
能够呼吸的地方，
那是诗人的故乡，
是我们心中最深的执着。

哈尔慢慢地点了点头。

突然，弗兰克对自己的所作所为感到困窘。他剽窃了沙利文的作品！剽窃了那个把他引向诗歌的朋友！那个再也不会拆穿他的人……他感到脸上发烫，这是最可耻的罪行。不仅如此，还有厄运！沙利文曾经那么信任他。诗歌之神会抛弃……

"实际上，"他说，"那是我的一个朋友写的。"

哈尔没有眨眼："他很有趣。"

"他得了脊髓灰质炎，死了。"

"我跟你说，"哈尔说，"如果到本周末还没人买《桥》，我就给你留着。你什么时候有钱了，就什么时候付款。"

在进行诗歌远征之后，弗兰克累了。他躺在黑暗卧室的床上，目光落在了那本破旧不堪的处方笺上。现在，它已经被放在了靠着他床边的墙壁的架子上。自从他和艾尔莎分别后，他连一行真正的诗都没写，也从未产生真正的诗歌灵感。他想给她写一封信，但词语似乎肤浅而虚伪，没有意义。

迈耶给他做了那个架子，以便他够到架子上的任何东西，如书籍、钢笔、水杯。在他回家之前，架子就做好了。

弗兰克发现自己在想另外一个父亲，也就是悲伤的贝克豪斯先生。他会在多大程度上珍视他儿子最后的思想呢？作为它们的抄写员和监护人，弗兰克是不是有责任把沙利文的头几行诗转交给正当的继承人呢？在它们找到途径进入他自己之前。

他想把这种想法和某个人说说。但是，和谁说呢？他还没对迈耶和艾达说过他的诗人职业。为什么不说呢？因为他们会乐意读他的诗。但是，它们只是断章，他就像一个在空中写诗的诗人……

那不是他们有时候会用匈牙利语给另一个人吟诵的东西。他们将搞不懂他为什么这么自信。他们也许会可怜他，试图鼓励他干点儿别的，如下棋、玩儿纵横字谜。

他害怕他们对他丧失信心。在这些日子里,他的父母几乎不敢去憧憬,没有未来这件事让他们感到无措。艾达曾花了数年时间学习、从事她的职业,可现在她是个制作女帽的人。他们会对一本处方笺里的几行诗感到怀疑,他们只会咧嘴笑,并且艾达会咬她的舌头。他们会小心地把那本破烂不堪的本子放在桌子上,然后去忙别的事情。

　　艾达曾建议说,如果他努力学习,法律或许对他来说是最好的事业,因为它可以久坐不动。

　　他是他们的未来。

　　他唯一能够与之谈谈这一点、可以详细探讨道德问题的人,是那个他看不到也见不着的人。

　　搞笑的是,在他的思想里,艾尔莎简直不是个女孩,她更像是一个精灵、一个光芒四射的武士……

　　他想起了她做事、说话、移动、吃喝的方式,想起了她对其他孩子的亲切。换了是他,他才不会为他们操心。

　　他默默地闭上眼睛。他思念防护网厂的振动吗?思念远远传来的列车的行驶声和汽笛声吗?

　　在记忆中,"黄金时代"是一个宁静、光明的果园。

　　在一些日子里,当他醒来,他的情绪(恐惧、憎恶、厌倦、忧伤)非常强烈。这时候,如果他孤身一人,他都不敢相信自己能下床。他不知道,不打碎某种东西,不让某种凶险、狂暴的事情发生,他该怎样度过那些漫长的时间。

他不得不开始取悦诸神,他必须改变他的命运。

在图书馆里,在带着信息标志的桌子旁,他询问了怎样才能联系到政府大楼。

一天,他走到菲茨杰拉德大街的电话亭,拨了别人给他的号码。他被告知,贝克豪斯先生及其家人已经到国外生活了。

"再也不回来了?"弗兰克因为惊讶而提高了他的声音,暴露了他的年轻。

"是的。"

"我有东西要给他。"

"恐怕我们给不了邮寄地址。"

然而,要是他能够见到艾尔莎,要是他没觉得像是以前那样的被放逐者,要是他能够分享这个对世界的发现,他可能原本会喜欢它。对他来说,生命存在一种新的丰饶,其中包括沉默、空间,以及人们意料不到的方面。如果它被分享了,那么找出做事的办法带来的挑战就会像一场游戏。

他到了深夜仍难以入眠,他人生中将会遭遇很多事情,他想。但是,他已经是个瘸子了。

每天晚上,当艾达确信弗兰克睡着了,她就会躺在床上向迈耶报告弗兰克的状况。

"我听见他在浴室里,对着镜子里的自己自言自语。"

迈耶知道,她担心弗兰克的忧郁倾向。

"那是排练。"他轻轻地说,眼睛盯着黑暗。

"为了什么?"

"他的新生活。"

艾达静静地躺了几分钟,然后一声长叹:"那么,有个成年礼班……"

"给他时间,艾达。"他转过身去。

一天早上,艾达匆匆忙忙去上班,忘关收音机了。弗兰克躺在床上,听到音乐响起,小提琴曲响起来了。如果是钢琴曲,他会起来把它关掉。音符倾泻而出,绘制出流动的图景,大雨倾盆而下,仿佛是互相呼唤的声音,那是《爱的愉悦》。它的忧伤让他颤抖,痛苦几乎是一种奢侈。弗兰克扯过毯子盖住了头,号啕大哭。

迈耶吹着口哨,从环绕厕所的马樱丹后走出来。他用报纸轻轻拍打着大腿,向后面的台阶走去。

弗兰克坐在台阶顶上。"家对你来说就是拥有你自己的厕所。"他说。这是一句老话。

迈耶脱口而出:"毕茨五年都在一个冰冻的山坡上拉屎,挨着另外二十个男人。"

要是在过去,这会让弗兰克笑掉大牙。但是,这次,他没笑。迈耶发现,即使在清晨,弗兰克也面露忧愁。不耍脾气,不生气,而是逆来顺受,仿佛了解了世间百态。

"万念俱灰的人的第一个迹象。"艾达说。

只要想起他受伤的儿子,迈耶就会卷一根烟。他猛吸一口,吸入的烟伤了他的胸腔。

28. 预 感

"你怎么找到我的?"

"我有一种预感。"

"预感?"

"一种感受,超自然的……"

"预感!"

没错,他给斯旺伯恩的杂货店交了一次货,然后他的手和脚似乎为他做了决定。他开着车驶上北大街,朝着大海前进。他想,弗兰克的女朋友在这里的某个地方生活。当然了,这不是他绕道的原因。对他来说,这整个地区突然充满了一种近乎情欲的趣味。他觉得自己正驶入一个故事之中,驶入某种已经写好的东西之中,他想看看这个故事的结局。到了北大街的尽头,无边的大海在他面前伸展开来。他向右拐进了那条位于斯旺伯恩海滩上的碎石路，毫不意外地看见了那辆小莫里斯车停在那里。奥丽芙·宾尼站在路边，挨着打开的乘客门。她穿着苹果绿泳衣，丰满、滚圆、浅色的大腿和胳膊露在外面。她低着头，正在用毛巾拍去脚上的沙粒。

他仿佛仍在梦中，怀疑这可能是他自己想象出来的景象。他把卡车停在了小莫里斯车的后面，然后走了下去。

"我现在终于知道为什么大海今天让人无法抗拒了！"他一边喊，一边沿着路边朝她走去。他手心朝上，仿佛在接收来自天空的信息，他几乎有点儿厌恶他的欧洲风度了。冬天的太阳突然从一片云后面露出脸来。一片白茫茫的光辉笼罩了他们，如此耀眼，几乎有点儿可笑。他们的手搭着凉棚，互相走近，眯着眼睛看着彼此。很难说他们的嘴是要咧开一笑，还是扮成了鬼脸。

她的头发整整齐齐地向后梳着，宽阔、红润的脸庞因为刚从海里出来而有些发白，四肢光滑、结实，看上去像个大个子的女运动员。但是，他没有漏掉她膝盖上方不太明显的皱纹、她宽大而疙疙瘩瘩的脚、她小腿上如蛇一般蜿蜒而下的血管，她胸部的皮肤上点缀着几个斑点。她把手伸进车里，拽出了太阳镜和一件旧的毛巾沙滩服，匆匆穿上。她的头发很快就变轻了，随风拂过她的脸庞。她从沙滩服口袋里掏出一个发卡，把头发从前额往后拢起，插上发卡。那是一个很常见的动作，然而这动作却显得她有些迷人。

他突然觉得自己好像回到了巴拉登湖，和她坐在俯瞰湖面的一间小咖啡馆里的一张桌子旁。桌子上放着酒、面包卷儿、酸黄瓜，周围围着兄弟、他们的女友和来自布达佩斯的客人，有一种情侣般的和谐。他们曾一直在游泳，然后在下午一起休憩。每个人都无忧无虑、快乐、耽于感官享受……有一种为了活着而拥有的能力。与她相关的一种纯粹的感觉，痴迷于生活，像一只去完成它的任务的昆虫……深深嵌入了一切自然的东西之中。

太阳又沉没在了一片云的后面。他们能够说话了。

"我想和你谈谈。"他说。

"是吗？"她的头在怀疑中歪向一边，这是她的职业习惯。

她被解雇了，他的儿子难辞其咎。她会因此而责怪他吗？

"你接下来去哪儿？"

"去达尔文。我接受了一个传染病病房护士长的职位。"

"和孩子们在一起？"

"有孩子，也有大人。"

"不要航海去哪里！"

一种黑色幽默，有些粗俗……他的心脏怦怦直跳。为什么？

因为失去。

她没有笑。"不，真的。"

他环顾四周："你女儿呢？"

"订婚了！下个月结婚！"

"离开了你的手……"

"更像我离开了她的手。伊丽莎白·安已经被吞进了她一直想要的东西之中,进了一个受人尊重的大家庭。"

"你看上去不太高兴。"

"我有一种预感……她怀孕了。"

迈耶对这里的社会很了解了,明白她非常坦率。她信任我,他想。否则我认为……也就无关紧要了。

"那会让女孩子陷入不利地位,尤其是和她婆婆。先不管她,你儿子怎么样?"

"他太安静了,我想他丧失了一些信心。"

"疾病让人感到耻辱。"奥丽芙说。

"他……"迈耶伸出手,手心朝上,表情凝重,"深深的,忧伤。"他摸出一根烟,点上,摇着头。

"他思念艾尔莎。"奥丽芙斩钉截铁地说,"他们非常亲密。"

他太容易遭受风吹日晒了,她一边想,一边看着他光滑的面颊上褐色的凹陷。海风吹拂着他帽檐儿后面那一圈柔软、稀疏的黑发。他吸烟时,眉头皱了一下,深色的脸上皱纹毕现。

"还不算太糟。"她说,"这些孩子早熟。"

迈耶一言不发。

"弗兰克需要她。他们对彼此有益处,他们不应该被分开。"

从这里往哪儿去呢?迈耶想。风吹着,光线被遮蔽了,道路到头了。她很快就会离开,他们很可能再也不会重逢了。他们将互相遗忘,就像那么多已经被遗忘的人那样。

他想给她写什么,告诉她些什么。她应该活得更好,因为好人总有好报。

"你知道,"他说,"我从你那里学到了……"他提高了声音,在风的作用下显得有些嘶哑。

"你学到了什么?"她突然变得平静了,被太阳镜挡住的脸令人难以捉摸。

"如何在这里生活。"如果他这时走向她,他们就不会分开了。在白茫茫的视野中,他们一直互相盯着对方,以至于他们互相害怕了。

奥丽芙先发动了车子。她敏捷地做了个"U"字状拐弯儿,超过了他,并且挥了挥手。当她驶离时,她想,有的是时间想他,年复一年。

尽管如此,自理事会会议以来,某种压迫她的东西——一种直觉,感觉她所失去的将像一道缝隙那样永远贯穿她的生活——似乎已经升起,被海风吹走了。

他有点儿不可思议,她碰见过类似的人,就那么一两次。她曾经护理过一个爱尔兰老女人,一直护理到对方去世。那个老女人有一次对她说,在上一世,奥丽芙是个在路上跋涉的朝圣者、是个孤独的骑士。

他知道在哪儿找到我,她想。

她看了看后视镜,看见那辆卡车也发动了,正在做三点转向,很快、很鲁莽。一辆大卡车本不应该如此。

29. 鸟　鸣

　　一天,艾达下班回到家里,她发现弗兰克的肘部顶在膝盖上,手捧着下巴,坐在后门的台阶上。在他旁边,放着一本名为《荒原》的诗歌书。在过去的一个星期里,他一直带着这本书。
　　"你在这外边干什么?"
　　"听鸟鸣。"弗兰克说,没有看她。
　　"为什么?"
　　"如果你听鸟鸣的时间够长,它会告诉你一些东西。听!"他抬起一根手指,"它又叫了,一个长音,后面跟着四个短音。"
　　"它告诉你什么了?"
　　"你……挡路了。"弗兰克说,盯着前方,"你……挡路了。"
　　艾达一动不动地站在那里。她感觉就像回到了坦克滚滚而来的时候,而自己却觉得"这不可能是真的"。一切都变成暂时的了,她径直走出家门,去了拐角的电话亭,拨打了玛格丽特·布里格斯的电话。

30. 分　离

每到下午，等珍睡着了，玛格丽特就在餐桌上用热油揉搓艾尔莎的腿，按照她被传授的方法拉伸、弯曲她的腿。她仿佛能听见那个苏格兰理疗师在她耳朵里"嗡嗡"地说："让你的手接过来。"她从艾尔莎的头的方向往窗外望去，看见新葡萄叶子苍翠欲滴，在棚架上摇曳。与此同时，她红色的手在艾尔莎可怜的腿上继续揉搓。

碗碟还没洗，盘子在水槽里堆着，天知道晚餐时她在桌子上摆了什么。但是，对玛格丽特来说，为艾尔莎做任何事情都是神圣的任务，都是幸福。

"嗨，B夫人。"那些女人在肉店里说，"你可怜的女儿终于回家了。"

"做得也很好。"玛格丽特庄严地说。她想起了她们在柜台边怎样对她置之不理，她们怎样就艾尔莎的情况窃窃私语。她永远也不会原谅他们，不是为了她自己，而是因为他们对艾尔莎的冷落。

这些日子,她不太容易轻信了。她不相信医院,甚至连上帝也不再信了,她只相信父母与儿女之间的爱。

这赋予了她力量,使她得以让南希安分守己,南希曾每隔几天就要到家里来。

"至少现在她不让那个移民男孩绕着她转了。"南希说。没有人给她说过弗兰克的情况,但关于这档子事儿,她的鼻子很灵。艾尔莎躲在自己的屋里不出来。南希宣称,她打算掏钱让艾尔莎去基督教长老会女子学院上两年,然后去上文秘学院。

"不能去上男女混合学校,现在不能。"南希说。

"可艾尔莎想去上大学。"玛格丽特说,"她将来要当医生。"

"啊,看在老天的份儿上!"南希说,"你看看她!病人还异想天开?她很有可能永远也嫁不了人。她需要一份安宁、久坐的工作来养活她自己。"

玛格丽特卷起她拿的茶巾,又摊开了。

"当秘书的话,她有可能为慈善组织工作。"南希继续说,"如果我是你……"

"你不是我,南希。"玛格丽特说。她想把茶巾甩向她的小姑子,但像往常那样,她再次错过了机会。她脸上的红色血管暴起,愤怒的眼泪模糊了她的蓝眼睛。"你也不是我的家人了。"

"我请你再说一遍!我哥哥……"

"一个家庭有一个父亲、一个母亲,还有他们的孩子。你帮助我们,我们感激不尽,但我们再也不需要你的帮助了。杰克用银行贷款买了一辆二手希尔曼,他能送艾尔莎去上学。"

那天晚上晚些时候,艾尔莎躺在放在后外廊的床上,听到她母亲一边在外面的黑暗中挂尿布,一边哼着歌。

艾尔莎刚开始有些茫然,混乱和杂七杂八的东西让她感到压抑。她离开家将近一年了。医院里有严格的规定,所有东西的表面都应该是收拾干净的。生活在那里是多么简单,她的感觉是多么惬意!

这里的每个窗户都充斥着起起伏伏的绿色植物,给人的感觉如在水下一般。家是被挖掘出来的黑暗的小屋,充斥着人们的情绪和情感。你在光和阴影之间移动,随时都可能有人大喊大叫。吃饭时吵吵闹闹,有人喜欢,有人不喜欢,她母亲试图调和众口。艾尔莎想知道,她为什么曾认为她思念她的家庭。她变得精疲力竭,退回到自己的房间,她的房间成了她的庇护之地。

在她回家前,杰克就用石膏墙板把后外廊有百叶窗的部分封闭了起来。玛格丽特把一个床单当窗帘,挂在了门口。那里有床,还有一张小桌子和一把椅子,好让艾尔莎做作业。百叶窗在风中咯咯作响,外廊发出"吱吱"的回应,仿佛正在拖动固定住它的东西。在一些安静的夜晚,艾尔莎觉得自己能听到海浪怒号着冲向北大街尽头,就像你把一个贝壳放在耳边发出的回声。她在鸟儿鸣啭、雄鸡打鸣、霍夫曼夫人的羊的"咩咩"声中醒来。到了下午,海风吹了进来,院子生机勃勃,光线斑驳,树叶摇曳。

那里有她的旧书、她的老照片,老照片上的她四肢挺拔、无忧无虑。而现在，就连她的笑容都改变了。

每天的某个时候，冬日阳光穿过百叶窗，似乎汇聚成了一点，在她的床上移动。她躺在那里，等着那个光点移到她身上，她把它想象成了一道灼热的治疗光线。

冬雨在波纹状的铁顶上轰鸣。她的生命孤独而危险，宛如汪洋中的一条小船。

珍的婴儿床从父母的卧室被移了出来，移到了那间艾尔莎和莎莉共用的卧室里，放在了原来放艾尔莎的床的地方。莎莉几乎不在家，好像是为了寻求慰藉或出于报复，她要么骑着马尔文自行车在整个街区转悠，要么给玛格丽特跑腿儿，要么和朋友一起冒险。如果在家里，莎莉就对着车库门打网球，"咚咚"地打几个小时。通过打球，她也避开了对艾尔莎的疼痛、跛足、沉默的怜悯之情。

只是在外出时，艾尔莎才用拐杖，因为外面的事物靠不住。她一周去玛格丽特公主医院做一次理疗。她先乘火车，然后拄着拐杖步行到托马斯大街。她从来没在现代学校的校园里看见过弗兰克，在理疗等候室里也没见过。虽然她知道他不在那里，但她仍然寻找他。每次回到家，她都精疲力竭。

她在没有协助的情况下，一瘸一拐地在屋子周围走动，就像一只断翅的鸟。它被驯化了，因为它不能飞走。她全部的时间都被用来管理她自己，找出新的做事方法，她成了世界中的另一类人。只要她能，她就到后院里去，外面让她的情绪平静了下来。

她观察她忙个不停的母亲。虽然玛格丽特叹气，腿疼，但她的日子丰富多彩，像一片愉悦不断的牧场，她对薄荷进行背面排水，喂喜鹊，拂去休息室里的家庭照片上的尘埃。每张照片她都充满深情地拿起来，像擦拭孩子的脸那样擦拭它们。她留下了一长串干了一半的家务，胖珍则破坏着剩下的东西。

玛格丽特仍然给自己哼小曲。她告诉艾尔莎，作为一个战时新娘，她过去经常用婴儿车推着艾尔莎，穿过大街，推到海边，指着罗特内斯特的方向，杰克在那里驻防。她说，在她搬到这座房屋生活时，她人生第一次感到了快乐。

艾尔莎的父母从没谈过她从"黄金时代"被逐出的事情，没有什么能影响他们凝视艾尔莎的闪亮目光。但是，他们没有尝试为她辩护，没有救她。她对他们的看法不同了。他们没有权力，他们在乎别人的想法。

到了晚上，她僵硬地躺着。她身体的每个部分都萎缩了、受到伤害。裁决被传达给了她，她就像脖子挨了一拳，蒙受了羞辱。但是，她暗自认为，她有权做她想做的事情。

在她认识的人中，弗兰克是唯一一个谈过情感的人。她现在越来越觉得，她的一部分正在失去。她和弗兰克被硬生生地分开了，到了晚上，在她的房间里，她觉得他和她在一起。那是不是意味着，他在想她？他是不是也因为失去她而愁肠百结？到了外面的世界，他比她更为自信。但是，她觉得，在内心深处，他受的伤更深。

她一再思考发生的事情,仿佛她正在和他探讨。她向他报告了她家的每个成员的情况。她想给他写一封信,但怎样才能寄出去呢?她甚至不知道他的地址。他也没有电话。她攥着枕头,沉入了梦乡。

一天,她的母亲带着珍去商店了,艾尔莎进入她父母昏暗的卧室,打开了衣柜。衣柜的门的背面安着一块长镜子。她打开灯,看见了一个消瘦、胸部平坦的女孩儿。那个女孩儿的左腿肚上安着一个笨重的支架,一个肩膀比另一个高,她身体那一度流畅优美的曲线现在扭曲了。那个女孩儿闪闪发亮的眼睛让她感到吃惊。

她过去经常听别人说"多漂亮的女孩啊",现在,他们会说"瘸腿女孩"或"多可惜啊"。

和弗兰克聊聊的需要让她想躺下来,昏过去。她不知道她独自一人能不能经历这一切。从她醒来,一直到她晚上睡着,除了想弗兰克,她几乎不做别的。她仅为他而活着。

日复一日,海风吹上北大街,洗过的衣物在绳子上跳舞,太阳透过百叶窗落下来。珍用海星一样的手拍着她大姐的脸,因为她知道大姐伤心。

在床上,艾尔莎一直在做梦,仿佛薄薄的外廊墙壁被月光和星光穿透了。一天夜里,她梦见她醒来了,下了床,在没有协助的情况下稳稳当当地走着,又成了一个正常的女孩儿。她跨过外廊,走到台阶上,站在那里眺望,月亮的清辉洒满院落。在车道拐角处,出现了一队孩子。他们一个跟着一个,就像沿着一条河沟漂着的叶子。一个小男孩儿在他们旁边跑着，不顾一切，焦虑万分，催他们排好队。出于某种原因，她知道他是莎莉。莎莉觉得对他们全都负有责任，就像她曾经对艾尔莎那样。

一天日落时分，艾尔莎坐在外廊的台阶上，为玛格丽特剥豌豆，莎莉则骑着马尔文自行车，在车道上飞奔。一个装满杂货的网兜在车把上摇摆。莎莉提着它，经过了坐在台阶上的艾尔莎。

"莎莉！"艾尔莎一边说，一边抬起眼看着她。

"干吗？"莎莉说。

她们的目光碰到一起，对视了一会儿。她们有一年不看着对方或直接说话了。她们狠狠地盯着对方，觉得眼泪要出来了。

艾尔莎仍然说不出来。不过，那已经够了。

"嗯嗯。"莎莉一边说，一边走了进去。

艾尔莎永远也不会知道，因为她，她母亲究竟有多么伤心。当玛格丽特在餐桌上按摩她的肩膀时，她瘦削的肩膀弓着，像一个年轻寡妇的肩膀。她过早地遭遇到了太多的不幸，年轻的孩子都不应该感受到这种伤悲。

电话铃响了。玛格丽特赶忙去接，她怕惊醒了珍。她一边走，一边用抹布抹掉她手上的油。

"啊！戈尔德夫人。"艾尔莎听见玛格丽特说。她全身颤抖，从餐桌的一头伸展到了另一头。

"嗯。"她母亲说，"嗯，那好。三点钟，在这儿，明天。"

当玛格丽特放下电话时，艾尔莎已经站在了客厅里。她穿着背心、内裤，虚弱的长腿油光闪闪。这些天里，艾尔莎听见了所有风吹草动。在家里待这么久了，家里发生的事情她一清二楚，她就像无线电那样接收信号。

"戈尔德夫妇要来喝下午茶。"玛格丽特说。为什么会这样？对害怕访客的她来说，会怎样呢？杰克会说什么？他想让弗兰克来这儿吗？再说了，屋里一团糟……

"戈尔德夫人说，她会带一个蛋糕……"

艾尔莎在没有协助的情况下走向她的母亲，并且亲吻了她。自打她回家以来，这还是头一回。

31. 拜 访

在下午白花花的阳光中,三个人从车站的方向走过来,正在横穿北大街。由于海风吹了进来,一个男人和一个女人摁着他们的帽子,他们中间有一个男孩的纤弱身影。那个男孩持着手杖,一瘸一拐地走着。

莎莉冲进屋来,喊了一嗓子"他们来了"。然后,她猛地关上门,好让客人能够按门铃,得体地进来。他们家很少来客人,这种新奇的事情以前从没发生过。艾尔莎的男朋友和他的家人!欧洲人!

弗兰克和艾尔莎在客厅里面对面地站了一会儿,他的父母则被引进了休息室。

"你长高了。"

"我再也不能写诗了。"

他总是首先谈他自己。

他想马上向她倾诉一切。啊,见到她太开心了!他们的眼睛模糊了,他们的嘴唇似乎鼓了起来,他们说不出话来。

但是,他也观察着周围的一切。在聊了那么长时间、大致勾勒出他们的生活后,一切都似曾相识,仿佛他以前来过这里,或梦到过这里。门厅散发的气味有些像艾尔莎在"黄金时代"穿的蓝色羊毛衫。他的视线落在了一个有着雕刻花纹的木行李箱上。他记得那是南希姑姑从印度旅行回来送给她哥哥杰克的。

"那个樟脑木盒子!为了让你的衣物不生虫子……"

艾尔莎哈哈大笑,"你真是什么都不会忘!"她的眼睛亮晶晶的,像一个激动的小女孩的眼睛。她的牙齿白如牛奶。弗兰克想吻她。

"来吧,他们在等着呢。"艾尔莎说。

弗兰克挨着迈耶坐下,用他的手杖钩着沙发扶手。艾尔莎坐在房间的另一头,坐在窗台下的长凳上。艾尔莎也长高了,她仍然比弗兰克高半英寸。她是个非常苗条的高个子女孩,跛足,装着支架,面容宛如天使。迈耶目光锐利地打量着她,他发现她五官端正、娇嫩,在网眼窗帘淡淡的光线的映衬下,它们的投影熠熠生辉。她是有意坐在那里的吗?

不,他想,她不想引人注目。他注意到了她动作的简单,注意到了她的泰然自若。她已经完全了解了她的状况,他想。她的家人没跟上她的步调,没跟上她已经了解的一切。

她在这里有家的感觉,弗兰克想。他们的距离让他的腹部突然一紧。

艾达也被艾尔莎吸引了,艾尔莎堪称这个房间里的尤物。这里阴暗、杂乱,让艾达联想起英格兰北部连排屋中的客厅。战前由于生意上的事儿,艾达的父亲曾经带着艾达从匈牙利去了英国的利兹、曼彻斯特和利物浦,她那时还在上学。

她勉强让自己笑了笑,为的是避开这些房间让她产生的压抑感受。接下来就是送茶车的"嘎吱"声了……

"你就要去上学了吗,艾尔莎?"她问。她的红嘴唇拉长了,鼓励着艾尔莎。因为弗兰克的缘故,艾达专门打扮了一番,以显示对这家人的尊重,她烫了头发,描了眉,给她的帽子加了个网,无意间让她自己更令人敬畏。

"第三学期一开学就上。"

"什么学校?"

"梅公主,在弗里曼特尔。"

"名气不错吧?"

"还行吧。"

艾尔莎有办法回避问题,迈耶想。她的亚麻色头发和苍白的脸似乎熔化在光中了。对外貌和消失有着天使般的把控……他能感到弗兰克挨着艾尔莎,非常安静地呵护着她。

弗兰克突然怀念起"黄金时代"了,这让他感到惊讶。孤儿的自由……那曾经显得多么自然啊,他想起了那种力量的感觉。

玛格丽特用她最好的茶壶倒茶，那个茶壶原本放在她前面的小桌子上。她为戈尔德夫妇倒了黑茶，他们每个人都拌了几勺糖。玛格丽特用手摇晃她的罩衫，以免它缩到她硕大的乳房上。杰克眨眨眼，清清喉咙，抽抽鼻子。有时候，他不由自主地把他的妻子看成某种动物，愚蠢、恐惧、顽固，要不就陷在强烈的喜悦中无法自拔……完全受情绪支配，她的女性气质让他尴尬。艾尔莎则敏捷、矜持，她要是个儿子就好了……

洛西！迈耶的心又一次颤抖起来。毋庸置疑！玛格丽特总是让他想起他的妹妹，想起他们家唯一的女孩。就像他们的母亲那样，她服侍男人。哥哥们肤色黝黑、风度翩翩，而她却身材矮小，圆滚滚的，乳房丰满。她脸颊红润，头顶绾着发髻，性格天真。她一边干家务活儿，一边哼着歌。在他们的母亲去世后，她操持起了他们的家。她拒绝离开巴拉顿，设法和父亲藏进了森林。有一天，当她幸存的哥哥们从劳动营回家或从躲藏处出来时，她去了湖边沐浴。俄罗斯人来了，他们的父亲被射中了。一个人骗他们说，他们的父亲曾经与德国人狼狈为奸。洛西被强奸致死。

玛格丽特会像他的妹妹那样忠诚，忠诚至死吗？

布雷格斯家较小的那个女孩儿面颊鲜红，传递着一盘烤饼，盘子向一边倾斜。艾尔莎显然还没有敏捷到做这个差事。她的左腿仍然戴着两脚规。

和这家人在一起至少不需要避开同情。

澳大利亚的礼仪够奇怪的，艾达想。这些厚面包都顶到了你的嘴的顶部了,这应该作为早餐食物才对啊。还邀请客人进卧室,把帽子和大衣放在中间凹陷的婚床上,这种风俗真够奇特的!

婴儿珍坐在一个毯子上,挨着艾达,对一块脆饼干流起了口水。珍胖乎乎的,头上光秃秃的,眼睛就像鼓起来的红腮帮上的两道缝隙。

"健康的标志。"艾达说,露出了牙齿。珍与苗条、紧张的姐姐、严肃的父亲、劳累的母亲形成了对照……珍把他们全都搞垮了。

珍撞上了艾达的目光,她好像有信心获得爱和赞赏,她拍起了胖乎乎的小手并且摆动着,下巴摇晃。艾达的嘴鼓了一会儿,拍了一两次手,把目光转开了。珍突然开始大哭起来,她的母亲把她抱到了床上。

她知道我不喜欢她,艾达想。一家人都敏感,并且神经紧绷。弗兰克要小心啊。

布里格斯一家好羞怯啊!他们红着脸,表情严肃,清着喉咙,每一句话都想实话实说。迈耶的眼睛发亮,他喜欢家庭,喜欢搞清楚家庭的特点。但是,这两个家庭太不同了,怎么会生出了两个互相爱慕的孩子?这是混血,他觉得。

他觉得,澳大利亚人一向抵制社交艺术,酒馆和这些糟糕的茶会除外。这时候,每个人只需一杯白兰地,围着一张桌子坐下。他更愿意在户外,在一棵大树下,光和小叶子在他们周围倾泻而下……他渴望空间、空气,马上!他想逃脱这些令人不舒服的礼仪。绘有花卉图案的瓷茶杯、配套的碟子和盘子、光滑的餐叉、上浆的餐巾纸,这些全都摆在他的膝上。嘿,还不如坐在自家的前门厅,端上一杯白兰地,和自己玩儿牌……

玛格丽特毅然地切开了艾达带来的蛋糕,每个人都拿了一块。紧接着,气氛变了,人们脸上容光焕发,因为巧克力和白兰地、咖啡奶油和香草精、蛋白霜和上好的鸡蛋糕给他们带来了慰藉,恢复了每个人的精神。布雷格斯一家从来没有吃过如此好的东西。戈尔德夫妇说,那是奥地利大蛋糕,来自克莱因面包店——北珀斯的一家犹太面包店,做得和维也纳的一样棒。

大方的礼物,杰克想。迈耶·戈尔德开冷饮卡车,能领多少工资呢?一个星期 12 镑?

艾达擦了擦嘴。她的礼物取得的成功让她心里暖洋洋的。无论怎样,她想,这个房间有一种朴素、安静的情调。一切都相称,都有意义,例如那个棕色的大收音机、一架子旧书,画着斯旺河旁边的纸皮树的水彩画。在镶了框的照片上,害羞的小女孩儿们留着辫子,在诱导下咧嘴微笑,露出新长出来的大门牙。她们的纯洁令人心碎。

光已经变了。房间里弥漫着一种灰色的寂静,就像一种悬念。杰克·布里格斯望着窗户。叶子开始飒飒作响,花边窗帘轻轻晃动。他清了清喉咙:"快下雨了。"

"洗的东西!"玛格丽特跳起来,跑出房间,连致歉的话也没说。让胖珍一直有干尿布用的责任太大了,使玛格丽特顾不上女主人的职责了。

他们全都站了起来,就像受到去执行任务的召唤。他们毫不犹豫地放下盘子、杯子,急匆匆地跟着她穿过客厅、经过厨房、跨过外廊、走下台阶、经过葡萄藤,走向晾衣绳。玛格丽特正在手忙脚乱地收尿布。天空像圆盖一样罩着他们,辽阔,发着光,黑沉沉的。他们仿佛进入了一个大岩洞,轰鸣的雷声从远处传来,就像一个巨人因消化不良而让肚子发出的"咕噜"声。所有的草木都闪着光。每个人都跑过去帮忙,他们像一个疯狂的晚会上的狂欢者那样喘气、大笑,攥住那些沾有污渍的破布片,晾衣夹子在一个锡桶里"叮叮当当"地响着。

大自然赢了,迈耶想。这里一直都是这样。

他站在那里,环视四周。他们的生活状况真够好的!一个银行职员和一家子,后院大得像商品菜园。所有邻居的树木都在各家边儿上围着,使后院看上去仿佛休耕的牧场。如果这个国家有一样必须提供的东西,那就是土地。

他看到的景象仿佛出自天空,像一片云或一群小鸟那样散开,轮廓延展、收缩。一小块农地,一个小农场,通过耕作、施肥、浇水,他能在这样一片地上养羊、种果树和蔬菜,用土地养活他的家人。

他父亲就这么干过,他也打算这么做。

一旦你耕作了土地,你就属于它了。

他现在在地球的表面上漂泊得太久了,像沙漠上的风,像被风吹起的沙粒。

艾尔莎知道她必须让弗兰克离开。当其他人在晾衣绳周围晃悠时，她穿过了脆弱的黄草、巨大的荆棘和野燕麦，向后院篱笆附近的一个隐蔽处走去。在那里，邻居家的薄荷树浓密、翠绿的叶子低垂在木桩上，在布里格斯家这边形成了一个小房间。他们可以坐在木质的水果箱上，那是她和莎莉几年前放在那里的。没人能看见，她们过去把它称作"巢穴"。

就在再次云破日出时，弗兰克跟了过来。有那么一会儿，草地上银光闪烁，宛如灰烬。滑稽，他想。他细心地放置他的手杖。风已经停了，仿佛世界为他们屏住了呼吸。现在他和艾尔莎在一起，他感到平心静气。一切都正在按照它们应该的那样发生，他想。

"让他们去吧。"迈耶想。他为没人跟着他们而高兴。这一次，他不再为他们的虚弱感到悲伤。对那些再也控制不了它的人来说，激情是一种礼物，无论它是在哪里被赐予的。这一次，他们是幸运的。

"你只是不能关掉一种情感。"杰克·布里格斯想。他把视线从晾衣绳上移开，观察起来他们。"别管别人怎么说。"他想起当他告诉南希他要结婚时，南希大惊小怪的样子。他拿起玛格丽特的洗衣篮，等他再次看时，那两个孩子已经消失在挂在后院篱笆上、令人厌恶的树枝里。他突然厌倦了一切，他希望他们都回家。

"快点儿！"艾尔莎的脸从薄荷树叶中露了出来。她情不自禁地咧嘴而笑。她觉得她终于回到了原来的自己，像个领袖，大胆、冷酷甚至有点儿滑稽。她把他拖进了巢穴。雨又开始一阵一阵地下起来。

　　枝条上厚厚的叶子在周围摇摆，把他们围在了摇曳的黑暗中。他们长叹一声，抱在了一起。他们马上就适应了彼此的身体。弗兰克的手杖倒了，卡在了摇摆的绿叶中，雨滴就在他们头顶的叶子上飞溅。

　　她的脸贴着他的脸，在艾尔莎的怀抱里，弗兰克的身体也开始颤抖、流汗。他知道他不能待在这里。他突然想到，无论这种力量是什么，它都不会放过他，它会取走他的一切，他将终身孤独，剩下的都是虚构，就像这个孩子气的过家家，她破碎的杯子和水果箱座位……他闭上了眼睛。

　　但是，就在这一刻，他感到艾尔莎的胳膊突然松开了他。她正握着他的手，坚定地引领着他向外走。他吸了一口气，睁开了眼睛。他们一起穿过草地，向其他人走去。在明亮的天空下，他们的身影摇摇晃晃。

尾声　纽约

一个拄着手杖的老人打开了门。

在他年纪很小的时候，杰克就知道弗兰克在她母亲的生命中所占的位置。他母亲珍藏着一本小柯达相册，里面的照片拍摄于20世纪50年代，拍摄的是一个在游廊上的孩子。在他小的时候，他就经常凝视着照片中那个面色苍白的男孩儿。那个男孩儿棱角分明，看上去非常警觉。但是，辨认出弗兰克现在这张忧郁、泛着光泽的脸，却让他花了一点儿时间。茂密的卷发曾经从弗兰克的额头向后跳动，现在已经凋零成散乱的花白头发。他的鼻子似乎更加突出，厚厚的嘴唇重而下垂。他穿着灰衬衫和类似风衣的、宽松的黑棉夹克，打着灰领带，透着一种波西米亚式的优雅。

"进来，进来。"他向后站了站，把杰克引进来。他的目光一直没有离开杰克的脸。

一扇大飘窗是房间的光源。它宛如一个小小的封闭游廊,在人行道上显得很突出,可以看到街道两个方向上的景观。外面的树干黑乎乎的,闪亮的树叶轻扣着窗框。已经到了下午,房间被树叶遮蔽着。一个嵌入式的长座椅随着窗户的形状弯曲着,上面堆满了纸张和书籍。

"我的书桌,我的办公室,我的壁炉炉床。"弗兰克一边说,一边去为杰克清了一个位置,"我与世界的联系。"

窗户对面有一把扶手椅,扶手椅旁放着一张小桌子,桌子上放着一瓶打开的红酒、两个玻璃杯。弗兰克把他的手杖挂在椅背上,坐下,倒了酒,对着杰克举起了杯子。杰克非常清楚这是精心安排的,也举起了杯子。

这个房间里的一切都散发着工作和独居的气息。书桌上放着一台笔记本电脑和一台打印机,旁边放着一把黑网格办公椅,书架排满了两面墙。在一个角落里,有一个小长条案,上面放着水壶、杯子和微波炉。笔记本和照片放在一块,钉在墙上的板子上。他想起了弗兰克最近的一本书上的一行诗:"和我生活在一起的一切都是无形的。"

是杰克。

"你外祖父的名字,"弗兰克说,"杰克·布里格斯。"

那个年轻人一脸惊讶。

"有一阵子,你母亲和我无话不谈,涉及我们生活的方方面面。"

他的名字是艾尔莎起的吗？他的头发呈浅黄色，和她的头发一样。

　　他就这样坐在弗兰克的对面，午后的阳光照在令人非常熟悉的面部特征上，高高的前额，曲线柔和的下巴，仿佛是因为敏感而稍显坑洼的苍白皮肤。有那么一会儿，弗兰克说不出话来。

　　光的生物，他母亲的儿子。

　　观察他聆听时的表情令人愉悦。他聆听时表情专注，眼睛里闪着好奇和幽默的光，他的气质让弗兰克在此后许久都感到温暖。

　　对他自己来说，弗兰克称他为特使。他跋山涉水而来，来自一个弗兰克已经离开近五十年的地方。

　　"艾尔莎怎么样？"

　　杰克说，自打从医疗界退休以来，她的母亲孤独多了。她每隔十年生育一个儿子，共生育了三个儿子，数他最小，但一直和她很亲近。他出生时，她已经将近四十岁了。她过去经常徒步上下沙丘，每天都游泳，但现在再也不能了，她拒绝被别人带着。他的父亲为她在屋顶上建了一个瞭望塔，还安装了一个小电梯，以便她能够上去。在上面，她能看到绵延到天际的、从北到南沿着海岸线蜿蜒的大海。除了看一些老病人，她现在大部分时间都在塔里面过。

　　"我现在也那样。"弗兰克用手指了指他的窗户、那棵树和对面阴影里的褐色砂石。

　　过了一会儿，他问："她谈起过我吗？"

"在你给她寄你的书的时候,我从她那里借了过去,她谈起了你们小时候待过的那家医院。"

"'黄金时代'。她从没回过信。"

然而,在某种程度上,他写的一切诗都是写给她的信。

他的母亲很坚韧,他的哥哥们喊她 E.B,那是她婚前姓名的首字母。他们一家人都知道,一旦她下定了决心,就绝对不会改变。

突然,杰克发现自己在对弗兰克谈到有关艾尔莎的一个回忆。他意识到,那段回忆从来没有褪色。

当杰克看到艾尔莎时,他正在沿着海滩跑。她已经结束游泳了,正在攀登沙丘,但没有成功。她上三步滑两步,一次又一次。他知道,他千万别过去帮她,甚至千万别让她知道他看见了她。她的信条是,世上无难事。等她抵达了沙丘顶部,他既感到恼怒,又想哭。她平躺在那里,一动不动地躺了几分钟。

弗兰克听着,点了点头。

多年来,他自己也不拄杖行走,在人行道上奔跑,上下台阶。他在库珀联合学院整天都很坚强,整夜参加聚会,决绝地拒绝任何协助。

他们一直都在一起取得进步。

你永远不知道你的读者是谁,他想。他最新的一本书只是最近才出版,当时他收到了一本澳大利亚在线杂志发来的采访请求。他不得不承认,这一认可让他感到温暖,因为它来自一个他已经离开五十年的国家。

或者，倒不如说，认可来自杰克这个年轻人。事实证明，杰克似乎是那本杂志的创始编辑、经销人和主要投稿人。好吧，那对他有好处！但是，当杰克说出实情时，他忍不住笑了。那本杂志名为"赞美"，但现在对弗兰克的耳朵来说，在杰克截然相反的平静语调中，他说的一切听起来都几乎是嘲讽。他的声音让弗兰克想起了北珀斯的小巷，想起了赤裸的双脚和脚趾间的黑色沙子。弗兰克感觉自己的胃稍微翻腾了一下。这意味着，弗兰克想为那里的自己写一首诗。

"你和我的母亲之间发生了什么？"

"高中毕业后，艾尔莎去了阿德莱德学习医学。我取得任教资格，被派到东金矿区高级中学。那里简直是外西伯利亚！至少我攒了一些钱。艾尔莎在阿德莱德结识了你父亲，并且结婚了。她写信告知了我，不久我就去了纽约。"

他们安静地坐着，一枝树枝拍打着玻璃。

对杰克来说，这个房间似乎是因为有了阴影才有了生气。

"我到纽约数年后，我的父母去世了。先是我的父亲，几个星期后我的母亲也去世了。按照我们的宗教，他们在去世第二天就下葬了，埋在了我父亲开始热爱的那片土地上。此后，我再也没有回去过。"

过了一会儿，他说："他们去世时的年纪都不及我现在的年纪。"

杰克按照编辑的做法，把手机调到了录音模式。他请弗兰克解释一下刚出版的那本书的书名的含义。为什么一本关于患脊髓灰质炎的孩子们在医院里康复的诗集被称作"黄金时代"？尽管这实际上是那个医院的名称，但他把它作为书名是不是具有嘲讽意味？

为什么诗人说，他在那里洞悉了他知道的一切？

弗兰克没有理睬这些问题。他宣布，他刚通过一家小出版社出版了一本关于沙利文·贝克豪斯的书，名为"脊髓灰质炎和诗人"。它囊括了沙利文创作的全部诗作，以及弗兰克写的一篇自传性的文章。那篇文章描写了他与沙利文的相识以及那种职业的知识。他站起来，给杰克拿了一本。

"沙利文打开了通向一个世界的一扇门，在那个世界里，一切都有意义。"杰克读着。那是那篇文章的第一句。

在那本书的封面上，一个男人背身站在齐腰深的水中，水泛着光泽，黑黢黢的。

"我仍在尝试完成那首名为'我在世上的最后一天'的诗。"弗兰克笑着说，"仍在等待最后一行。"

杰克知道弗兰克试图避免采访。他想说，给我说说你自己。你爱过吗？你喜欢性吗？

如今弗兰克最喜欢那种聊世俗事物的轻艺术，就像广场上的村民。对他来说，重要的是什么？他知道答案，那是人人都会给出的答案。

他再次坐到了杰克的对面。

他对杰克说,他突然回想起了那里的美。艾尔莎、护士、那些面带稚气的女孩、护士长宾尼那个了不起的女人,以及夏夜热沥青道路的气味。

《黄金时代》是他最著名的诗《列车》的续篇,他说。那是对它的回答,对它的反驳。

他给杰克讲了他是如何开始写它的。

他觉得他爱着很多人,但总是孤独地活着。只有一个例外,那就是伊蒂。伊蒂当时八岁,是一个朋友的女儿。那个朋友患了结核病,不得不去医院住几个月,没人照顾伊蒂。于是,弗兰克说,他会照顾她。他说,他会尽量忍耐对他将失去的自由和独居的沮丧。一想到一个小女孩无处可去,或被送去和陌生人生活在一起,他就受不了。

他没有照顾儿童的经验,但他马上就喜欢上了!他发现他有这方面的天赋。他敏捷、好发号施令、不文雅、快活,简简单单地就绕过了不理智的行为。他听她说话,鼓励她给他讲故事。她讲笑话,他就开心地眨眼,他真的能被她逗乐。她给他讲关于其他孩子的谎话,给他展示了她编排的舞步。当他把她塞进被窝时,她喜欢摸他的脸。

他喜欢她"哇哇"叫的声音,喜欢她结实的小身体,喜欢清晨她爬上他的床时暖烘烘的气味。他们喜欢星期六早上吃甜点,读《纽约时报》,去大都会歌剧院或者在中央公园散步。她对他的信任、她的诚实、他去学校接她时她看见他的喜悦,这一切让他的心都融化了。

爱一个孩子多么容易啊，即使那个孩子不是你自己的，他想。在经过了那么多年之后，他突然又回想起了在"黄金时代"的记忆，回想起了走廊、游廊、防护网厂无休无止的敲打，回想起了那么多的轮椅，回想起了护士们和护士长宾尼的慈祥，回想起了奈拉和诺姆、丽佳和那个苏格兰理疗师。

脊髓灰质炎就像爱，弗兰克说。他稍微有些尴尬，因为他以前经常表达这种看法，并且至少在两首诗里表达过这种看法。多年之后，当你觉得你已经康复时，它反而复发了。

杰克乘坐的飞机在午夜起飞，他现在必须动身去叫辆出租车。

"你现在发现你想要的是什么了吗？"

"嗯，我发现了。"

弗兰克的视线没有从杰克的眼睛上移开。杰克的眼睛今晚看上去像他母亲的眼睛，类似一个黑暗中心，不露声色、忧郁。对杰克来说，生活尚未开始。他有些羞怯，他是个观察者、聆听者。但是，没有什么是这个年轻人理解不了的。

杰克最后再次向弗兰克致谢，他拍了拍他的包儿，包里放着弗兰克签名的六本书。尽管有计划和承诺，但他不知道他们究竟会不会再见面。诗人是脆弱的，就像他的母亲那样。

直到杰克下到了楼梯底部，弗兰克才起身去关门。他径直走向窗口，正好看到杰克闪亮的头进入人流并很快消失不见。

图书在版编目（CIP）数据

孤岛的诗歌 /（澳）琼·伦敦著；刘国伟译. -- 北京：北京联合出版公司，2017.7
ISBN 978-7-5596-0232-9

Ⅰ. ①孤… Ⅱ. ①琼… ②刘… Ⅲ. ①长篇小说－澳大利亚－现代 Ⅳ. ①I611.45

中国版本图书馆CIP数据核字(2017)第079500号

著作权合同登记 图字：01-2017-0619号

The Golden Age
Copyright © Joan London, 2013
First Published 2013
First published by Random House Australia Pty Ltd, Sydney, Australia.
This edition published by arrangement with Penguin Random House Australia Pty Ltd.
All rights reserved.
封底凡无企鹅防伪标识者均属未经授权之非法版本。

孤岛的诗歌

作　者：[澳]琼·伦敦
译　者：刘国伟
出版统筹：新华先锋
责任编辑：徐　鹏
特约监制：周海莲
策划编辑：刘思懿　许佳莹
封面设计：王　鑫
版式设计：徐　倩
营销统筹：章艳芬

北京联合出版公司出版
(北京市西城区德外大街83号楼9层 100088)
北京慧美印刷有限公司印刷　新华书店经销
字数120千字　620毫米×889毫米　1/16　15印张
2017年7月第1版　2017年7月第1次印刷
ISBN 978-7-5596-0232-9
定价：38.00元

未经许可，不得以任何方式复制或抄袭本书部分或全部内容
版权所有，侵权必究
本书若有质量问题，请与本社图书销售中心联系调换
电话：010-88876681　010-88876682